池上日記

Chihshang Diary

蔣勳

有鹿文化

我要畫池上了，
心裡忽然有一種篤定：
我要畫池上，畫稻田，
一百七十五公頃
沒有被切割的稻田。

大片荒蕪的田地
在入冬以後顯得冷清野悍，
是土地本身的力量吧，
沒有多久，田間燒起野煙，
之後就要翻土了。

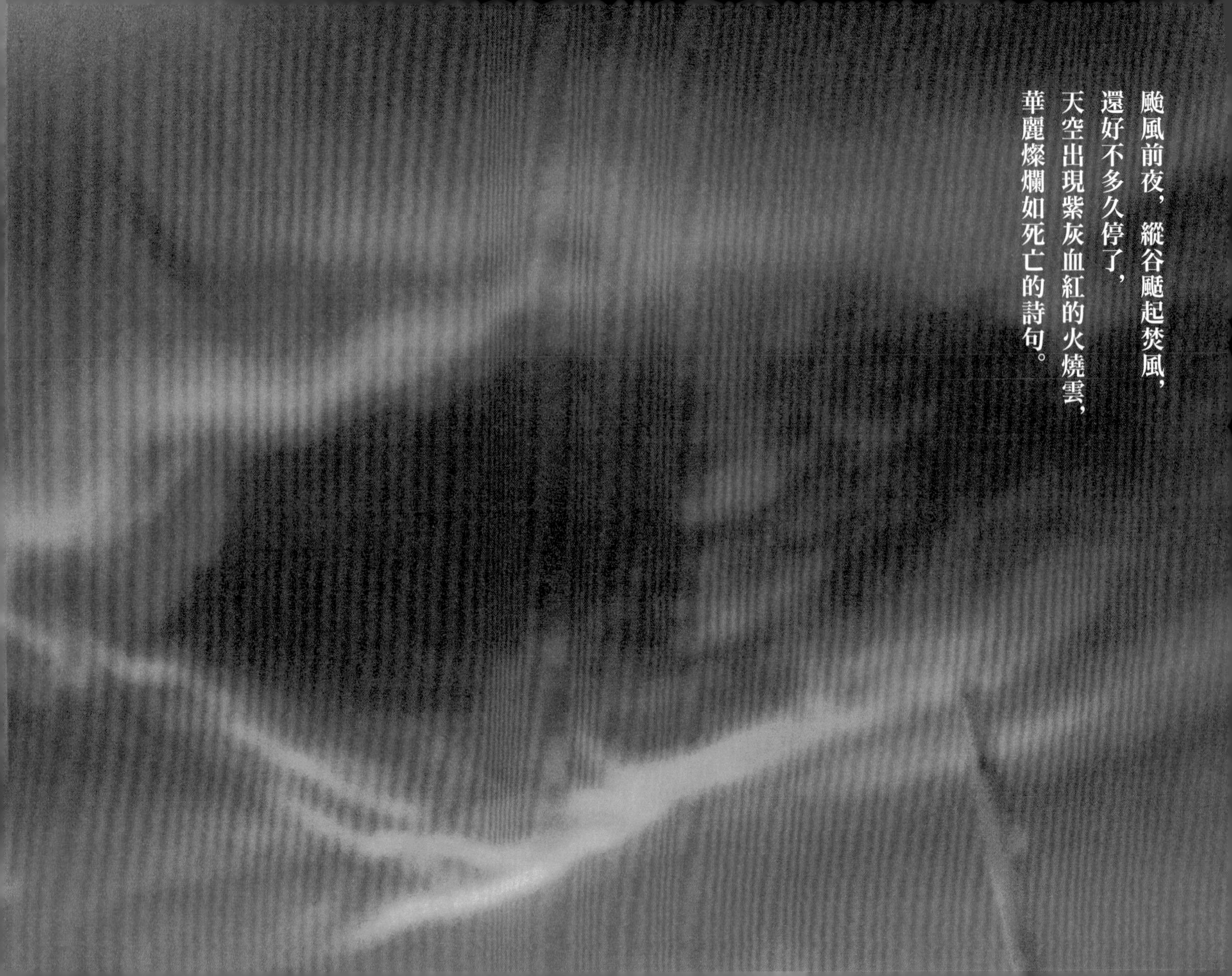

颱風前夜，縱谷颳起焚風，
還好不多久停了，
天空出現紫灰血紅的火燒雲，
華麗燦爛如死亡的詩句。

秧苗一盒一盒養在塑膠盆的淺土中，
定時灑水，
定時打開覆蓋的白棉布曬太陽，
像照顧嬰兒，不可有一點閃失。

池上日記 *Chihshang Diary*

目錄

卷二◆日光四季

人在池上

自序

那麼多渴望，那麼多夢想，

長長地流過曠野，流過稻田上空，流過星辰，

池上的雲，可以很高，也可以很低，低到貼近稻秧，

在每一片秧苗上留下一粒一粒晶瑩的露水，

讓睡覺飽足的秧苗在朝陽升起以前醒來。

駐村

二〇一四年的秋天我到池上駐村了。

早些年，大部分的西部居民對遠在東部縱谷的池上印象模糊，常常聽到的就只是「池上便當」而已。至於池上便當好在哪裡，也還是說不清楚。有當地居民跟我說，池上米好，大坡池產魚，米飯加上魚，就是早期池上便當的豐富內容。我沒有查證，這樣說的居民，臉上的表情有一種長久以來對故鄉物產富裕的驕傲吧。

台灣好基金會希望大家認識島嶼農村的美，開始在池上蹲點，二〇〇九年第一次秋收以後，六、七年來，我從徐璐口中就常常聽到池上這個名字。

如果只是名字，池上對我而言還是很遙遠的吧。然而像是有一個聲音在牽引呼喚，我也一次一次去了池上，一次比一次時間久，終於在二〇一四年決定駐村兩年。

徐璐當時是台灣好基金會的執行長，已經計畫在池上辦一系列活動，像「春耕」「秋收」。她希望島嶼上的人，特別是都會裡的人，可以認識池上這麼美麗的農村，「春耕」「秋收」是池上土地的秩序，在後工業的時代，也會是重新省思人類文明的另一種新秩序嗎？

二〇〇九年第一次秋收活動辦完，徐璐傳一張照片給我，彷彿是空拍，鋼琴家在一大片翠綠的稻田中央演奏，看到照片就會從心裡「哇」的一聲，覺得世界上怎麼有這麼美的稻田風景。那張照片後來在國際媒體上被大篇幅介紹，池上的農田之美，不只是島嶼應該認識，也是全世界重新省思土地意義的起點吧。

隔了幾年，二〇一二年，我就應邀參加了「春耕」的朗讀詩活動，那一年參加的作家還有詩人席慕蓉、歌手陳永龍和作家謝旺霖。

我們住在一個叫福吉園的民宿，走出去，抬頭就看到近在眼前巨大壯觀遼闊的中央山脈，峰巒起伏綿延，光影瞬息萬變。每個人最初看到也都是「哇」「哇」叫著，平常咬文嚼字的作家，到了大山水面前，好像找不到什麼詞彙形容，「哇」「哇」也就是歡喜和讚嘆吧。但住幾天之後，自然也會沉默安靜下來。我們當然是初次到池上，有點大驚小怪，當地農民在田裡工作，對眼前風景也只是司空見慣。他們安

二〇〇九年池上秋收，鋼琴家在稻田中央演奏。（賴永松攝影）

靜在田裡工作，對外地人喧譁誇張的「哇」有時點頭微笑欣賞，有時彷彿沒有聽到，繼續埋頭工作。

那一次的朗讀詩碰到大雨，在大坡池邊搭的舞台，雨棚上都積滿了水，背景是大坡池，以及隔著池水籠罩在雨霧中蜿蜒的海岸山脈。

有當地居民告訴我，大坡池是地震震出來的大水池，自然湧泉，水勢豐沛，也是野生鳥類棲息的地方。我喜歡大坡池夾在東邊海岸山脈和西邊中央山脈之間，無論從哪一邊看都有風景，東邊秀麗尖峭，西邊雄壯，日出時東邊的光照亮中央山脈，日落時分，晚霞的光就映照著海岸山脈。池上晨昏的光變化萬千，不住一段時間，不容易發現。

夏天的時候大坡池裡滿滿都是荷花，繁華繽紛，入秋以後，荷花疏疏落落，殘荷枯葉間會有成群野鴨、鷺鷥飛起。到了冬末春初，大坡池幾乎清空了，水光就倒映著山巒和天空。初春的清晨，大約五點鐘，太陽還沒有從海岸山脈升起，大霧迷濛，我曾經看到明淨空靈的大坡池，和白日的明豔不一樣，和夏季的色彩繽紛也不一樣。我偶然用手機留下了那一刻大坡池的寧謐神祕，傳給朋友看，朋友就問：你又出國了嗎？這是哪裡？

二〇一二年春耕朗誦詩，碰上大雨滂沱。觀眾原來可以坐在斜坡草地上聆聽，因為草地積水，結果都穿著雨衣，站在雨中聽。

詩句的聲音在大雨嘩嘩的節奏裡，也變成雨聲的一部分。詩句一出口就彷彿被風帶走了，朗讀者聽著自己的詩句，又

清晨的大波池，大霧迷濛，寧謐神祕。

好像更多時間是聽著雨聲、風聲。那樣的朗讀經驗很好，也許詩句本來就應該在風聲、雨聲裡散去。

山水自然的聲音才是永遠讀不完的詩句吧。

朗讀的時候，我背對大坡池，看不見大坡池。後來有人告訴我，池面上一絲一絲的雨，在水面盪起漣漪，山間一縷一縷裊裊上升的煙嵐，隨風飄散。我真希望自己不是朗讀者，是一起分心去看山、看水、看雲嵐雨絲的聽眾。

那是春天的大坡池，記得是四月，池上剛剛插了秧的水田，一片一片明如鏡面。細細的一行一行的秧苗，疏疏落落，水田淺水裡反映著天光雲影，迷濛氤氳，像潮濕還沒有乾透的一張水墨。

那是一次奇特的聲音的記憶，風聲，雨聲，自己的聲音，水渠裡潺潺的流水聲，海岸山脈的雲跟隨太平洋的風，翻山越嶺，翻過山頭，好像累了，突然像瀑布一樣，往下傾瀉流竄，洶湧澎湃，形成壯觀的雲瀑。

池上的雲可以在一天裡有各種不同的變化，雲瀑只是其中一種。有時候雲拉得很長，慵懶閒適，貼到山腳地面，緩緩盪漾，有人說是卑南溪的水氣充足，水氣滋潤稻禾，也讓這裡的稻田得天獨厚。

二〇一三年雲門四十年在池上秋收的稻田演出《稻禾》，下著雨，山巒間也出現雲瀑，使那一天的觀眾看到天地間難以比擬的壯觀舞台。

雲的瀑布，沒有水聲那麼轟轟喧譁，是很難察覺的聲音，是山和煙嵐對話的聲音，是雲和煙嵐對話的聲音，是細細的輕盈的纏綿的聲音，像耳鬢廝磨，像輕輕撕著棉絮。春天，我像是在池上的土地裡聽到一種聲音，是過了寒冬，春天開始慢慢復活甦醒，一點點騷動愉悅又很安靜的聲音，我想到節氣裡的「驚蟄」，是所有蟄伏沉寂的生命開始翻身、開始初初懵懂甦醒起來的聲音吧。很安靜的聲音，很內在的聲音，不急不徐，牽引我們到應該去的地方。心裡最深處的聲音，身體最內在的聲音。人聲喧譁時聽不到的聲音，喧囂躁動沉靜下來，當大腦的思維都放棄了操控聽覺，聽覺回復到最初原始純粹狀態，像胎兒蟄伏在子宮裡，那麼專一、沒有被打擾的聽覺，那時，你或許就會聽到自己內在最深的地方有細細的聲音升起。

聲音

池上那一個春天的雨聲中，我聽到了自己內在的聲音。

常常是因為這樣的聲音，我們會走向那個地方。

年輕的時候在巴黎，有時候沒有目的，隨興依賴心裡的聲音隨處亂走，在小巷弄中穿來穿去。巴黎古舊緩慢的幾個河邊社區，總是讓我放棄大腦思維，可以漫無目的，任憑身體跟著聲音走，跟著氣味走。

這幾年，偶然回到巴黎，走著走著，還會聽到冥冥中突然興起的聲音，彷彿是自己二十幾歲遺留在一個巷弄角落的聲音，忘了帶走，忘了四十年。它還在那裡，那聲音如此清晰，像遠遠的一點星辰的光，在暗夜的海洋引領迷航的船

池上秧田淺水中的天光雲影。

舟。走著走著，感覺到那聲音愈來愈近，很確定就近在面前了，我張開眼睛，看到整面牆上有人寫著韓波〈醉舟〉的詩句。

我們內在都有詩句，藏在很深很深的地方，不是在大腦中，大腦的思維聽不見內在的聲音。那聲音有時候像是藏在心臟中空的地方，在達文西說的「被溫熱的血流充滿迴盪的中空地方」。有時候，我也覺得那聲音是否也許像是存放在胎兒時的肚臍中心。那個地方，出生時一不小心，會被剪掉，那很慘，就一輩子不會再聽到自己的聲音了。聽不到那聲音，有點像佛經裡說的「無明」吧，像再也打不開的瞳孔，像沒有耳膜可以共鳴的聽覺，像《紅樓夢》裡賈寶玉失去了出生時啣在口中的那塊玉，他就像失了魂魄，失了靈性，永遠與自己身體最深處的聲音無緣了。

我呆看著巴黎牆上大片工整書寫的〈醉舟〉，想起那個十八歲就把所有詩句都寫完了的詩人，在城市資產階級和知識分子間被捧為天才，然而天才在城市裡彷彿只想活成敗俗的醜聞，他讓整個城市震撼，他讓倫理崩裂潰敗，他說：要懂得向美致敬。後來他出走了，流浪飄泊在暗黑的非洲，航海，販賣軍火，在陌生的地方得病死去。

我聽到一個聲音說：詩人在高熱的燒度裡胡言囈語，望著白日的天空大叫：滿天繁星，滿天繁星。

他或許不是囈語，而是真的看見了滿天繁星吧。詩句死亡的時刻，天空或許總是有漫天的星辰升起，每一粒星辰都是曾經熱烈活過的肉體，帶著最後一點閃爍餘溫升向夜空。

La mer dont le sanglot faisait mon roulis doux
Montait vers moi ses fleurs d'ombre aux ventouses jaunes
Et je restais, ainsi qu'une femme à genoux...
Presque île, ballottant sur mes bords les querelles
Et les fientes d'oiseaux clabaudeurs aux yeux blonds
Et je voguais, lorsqu'à travers mes liens frêles
Des noyés descendaient dormir, à reculons!
Or moi, bateau perdu sous les cheveux des anses,
Jeté par l'ouragan dans l'éther sans oiseau,
Moi dont les Monitors et les voiliers des Hanses
N'auraient pas repêché la carcasse ivre d'eau;
Libre, fumant, monté de brumes violettes,
Moi qui trouais le ciel rougeoyant comme un mur,
Qui porte, confiture exquise aux bons poètes,
Des lichens de soleil et des morves d'azur,
Qui courais, taché de lunules électriques,
Planche folle, escorté des hippocampes noirs,
Quand les juillets faisaient crouler à coups de triques
Les cieux ultramarins aux ardents entonnoirs;

巴黎，牆上寫著韓波〈醉舟〉的詩句。

我知道即使是在白日，星辰都在。然而池上夜晚的星空如此，讓我浩嘆，無言以對。

你知道嗎？為了讓稻穀在夜裡好好休息，池上許多地區沒有路燈。讓稻穀休息、睡眠，像人睡足了覺，才有飽滿的身體。稻穀飽滿，也是因為有充足的睡眠。因此，幾條我最愛在夜裡散步的路，都沒有照明，如果沒有雲遮擋，抬頭時就看到漫天撒開的星斗。大概住一個月，很快就會熟悉不同季節、不同時辰星座升起或沉落的位置。秋天以後獵戶星座大約是在七點以後就從東邊海岸山脈升起，慢慢升高，一點一點轉移靠近西邊的中央山脈，很像我們在手機裡尋找定位。

有人真的下載了手機軟體，對著天上的某一處星群，手機面板上就顯示出那些星座的名稱和故事。

但是我還是有莫名的衝動，有時閉起眼睛，聆聽天上星辰流轉的聲音，升起或沉落，都如此安靜沒有喧譁。

詩句

二〇一四年十月住進池上之後，慢慢聽到更多的聲音，樹葉生長的聲音，水滲透泥土的聲音，昆蟲在不同角落對話的聲音，不同鳥類的啁啾，求偶或者爭吵，清晨對著旭日的歌唱，或黃昏歸巢時吱吱喳喳的吵嚷，聲音是如此不同。我嘗試聽更多細微的聲音，像莊子說的「天籟」，動物爭吵，人的謾罵，聲音都太粗暴，聽久之後就無緣聽到「天籟」了。「天籟」是大自然裡悅愛或親暱的聲音吧，「天籟」或許也就是自己心底深處的聲音，可以在像池上這樣安靜的地方聽到「天籟」，也就找回了自己。

池上住到一個月後，就開始向四處去遊蕩。

從池上往西南，約一小時，就進到南橫的入口。南橫的車道因為風災中斷了，但還可以走到利稻。如果步行，沿著新武呂溪的溪澗峽谷，可以走到這條溪匯入卑南溪的交會處。我躺在巨大岩石上，聽著新武呂溪的聲音，彷彿溪澗裡每一條水流都在尋找卑南溪的入口，兩條溪澗的水聲不同，碰到不同的礁石，有不同的聲音，碰到岩壁轉彎的時候，也有聲音。我仔細聆聽，聲音裡有尋找，有盼望，有眷戀，有捨得，也有捨不得，有那麼多點點滴滴的心事。

我走到溪畔山坡上的霧鹿部落，看小學生在校園升旗，大片的番茄田不知為何落滿一地番茄，任其腐爛。記得山坡上的曇花嗎？在月光下同時開放了數百朵，我彷彿也聽到曇花一一綻放時歡欣又有一點淒楚的聲音。

回到池上，走過育苗中心，看到一條一條長約一百公尺的白布，鋪在地上，有人細心澆水。我好奇翻開濕潤的白布一角偷窺，蜷伏在白棉布下，一粒一粒的稻穀，剛冒出針尖般白白的嫩芽，像許多胎兒，我聽著它們初初透出呼吸的聲音，吱吱喳喳，也像在歡欣對話。

在長河和大山之間，聽著千百種自然間的「天籟」，好像也就慢慢找回了自己身體裡很深很深的聲音的記憶。像史特拉汶斯基《春之祭禮》中那一聲彷彿從記憶深處悠長升起的呼喚，像亙古以來原野中的聲音，那麼多渴望，那麼多夢

新武呂溪峽谷，溪澗裡每條水流都有著不同的聲音。

想，長長地流過曠野，流過稻田上空，流過星辰，像池上的雲，可以很高，也可以很低，低到貼近稻秧，在每一片秧苗上留下一粒一粒晶瑩的露水，讓睡覺飽足的秧苗在朝陽升起以前醒來。

雲可以如此無事，沒有目的來，沒有目的又走了。

初春的某一天，我聽到一株苦楝樹將要吐芽的聲音，聲音裡帶一點點粉紫，才剛立春，縱谷還很冷，但是那一株苦楝樹彷彿忍不住要趕快醒來。

入睡以前和甦醒時分，我總是躺在床上，閉著眼睛，聆聽許多種聲音。最安靜的是雲緩慢流走的聲音，清晨或暗夜裡，無蹤無影的雲，優雅的飄拂、流蕩，不急不徐，在空中留下他們有時銀白、有時淡淡銀灰的聲音。

清晨五點前後，夜晚七、八點之後，沒有日光，沒有燈光照明，有時有月光和星光，月光和星光都是安靜的，不會打攪擾亂心裡面的聲音。

我聽著雲流動的聲音，比水要輕盈，雲嵐移動，很慢，若有若無，若斷若續。我在筆記裡寫下一些句子，想告訴你那心底聲音的記憶：

聽自己的聲音
聽風的聲音
聽秧苗說話的聲音
聽水圳潺潺流去
聽山上的雲跟溪谷告別的聲音

我們都要離去
雖然不知道要去哪裡

所以，你還想再擁抱一次嗎？
我因此記得你的體溫
記得你似笑非笑
記得你啼笑皆非的表情

告別自然很難
比沒有目的的流浪還難
我為什麼會走到這裡？
在秋收的田野上
看稻梗燒起野煙
火焰帶著燒焦的氣味騰空飛起
乾涸的土地
等待下一個雨季

可以聽風聽雨
聽秧苗醒來跟春天說話
我要走了
你只是我路過的村落
讓我再擁抱一次
記得你似笑非笑的表情

初春時，縱谷還很冷，但苦楝樹已經忍不住要趕快醒來。

宿舍

從十月到隔年二月初，大約是從寒露、霜降，經過一個冬天，到次年的立春。我逐漸習慣了縱谷的方向，從池上往南，到關山，鹿野，有時去鸞山部落，看神奇的大榕樹，盤根錯節。這個差點被唯利是圖的建商毀掉的部落，有一個叫阿里曼的原住民，努力保護住這片山林，我跟支持他的遊客進山，遵照他的囑咐，帶了小米酒和檳榔，先隨他祭拜祖靈，離開的時候也遵照他囑咐種下一棵樹，島嶼可以天長地久，是因為惡劣的商業撼動不了鸞山部落的阿里曼，那裡古老巨大的榕樹都沒有被砍伐，讓部落的孩子有一代一代可以傳說下去的故事。

立春前後，鸞山部落有開成漫漫花海的梅林，馥郁芬芳，我的嗅覺記憶也在身體裡蠢蠢欲動了。「蠢」這個漢字，是在提醒思維的停止嗎？像許多蟲在春天醒來，興奮愉悅，「蠢」被聰明的人嘲笑鄙夷，然而「蠢」在池上的土地裡，是許多沉默著努力在春天要甦醒的生命。

蠢蠢欲動，春天要來了，走在池上，我的身體裡升起用鼻腔嗅覺在母親胸前索乳時那麼真實的氣味的記憶，那些花，那些新芽，各種不同的氣味，也像我嬰兒時一樣，用嗅覺牽引昆蟲前來，為她們的繁殖成長完成授粉。

縱谷很長，我的第一個冬天，彷彿冰凍在島嶼的走廊裡，聽了一個季節的風聲。

火車穿行在縱谷，從鳳林一路南下，瑞穗、玉里、富里，還有一些不停的小站，像東竹。縱谷是一條長長的廊道，東北季風的時節，這也是風的廊道。池上在縱谷長廊南端，冬天當然風大，很冷，有一個夜晚，縱谷的風呼號嘯叫，我住的是舊宿舍改建的老屋，木窗的隙縫鑽著一綹一綹的風，我測了溫度，是攝氏五點四度。想起來農民跟我說，日夜溫差大，稻穀適應冷熱收縮，穀粒也才健康結實。

土地裡勞動的人，有他們許多對自然獨特的解釋。我也開始學習，試圖用身體記憶這條縱谷中冷與熱的溫差。

白日中午，烈日當空，炙燙炎烈，皮膚上被炙烤，彷彿綁在烤架上火燒的記憶。寒冬夜晚，東北季風一路自北追殺而來，如入無人之境，風通過縱谷長廊，把所有的溫度帶走，這裡的生命，必須要在冬季耐住這樣冰寒的風，這樣冷冽無情的嘯吼，風，像銳利的刀刃，在皮膚上割出一道一道血痕，血痕凝結成冰，連痛也很冷靜，冷冽如此使生命肅靜。

縱谷的居民說，稻穀耐熱耐冷，人也一樣。

我聽著山脈岩石地底深處岩漿滾動的聲音，冷冽如此沸騰，心緒萬端，便起身在棉被中端坐誦經。

畫布

台灣好基金會提供我的住處和工作室，是大埔村整修後的一戶學校教員老宿舍。當時基金會執行長徐璐帶我看了幾處可能用到的建築，有的是竹林環繞優雅遠離塵寰的農家三合院，有的是獨立在田中央，竹篾覆土與穀糠的老屋，旁邊有廢棄豬舍，窗戶看出去全是稻田，一片青翠。

到了大埔村，是比較一般社區的民居，沒有設計上的特色，平實樸素。一帶紅磚牆，黑瓦斜屋頂平房，前後都有院落，紅色大門，進了大門，門窗漆成草綠色。我忽然停住，覺得有什麼很熟的記憶回來了，這是我童年的家啊。

進了房間，一個長方形的廳堂，圓形木桌，幾張高腳圓凳子，一切都如此熟悉，我回憶起童年的家，一一對照著，好像一轉身，知道牆腳還放著拖鞋。我童年的家是糧食局當時分配給父親在大龍峒的宿舍，也是這個樣子。或許，一九五〇年代，戰爭剛過去，島嶼興建了許多這樣形式的公務員宿舍吧。長方形廳堂的右側，是兩個隔間的臥房，那個年代孩子都很多，臥房就都加設通鋪，我踏上通鋪，回憶起自己一直住到二十五歲，好像都睡在這樣的通鋪上。一間的通鋪上睡三個男生，另一間通鋪就睡三個女生。那是我一直到出國以前的家的記憶，隔間、門窗，油漆的顏色，紅磚牆，通鋪，圓桌，防蚊蟲的紗門、紗窗，都一模一樣。我走進了童年的家，走進了青少年時莫名的憂傷，走進初讀大學時徨徨然不知道如何是好的焦慮驚慌，我的時間記憶忽然恍惚了起來。

我說：「就是這裡——」

徐璐有點訝異，她或許覺得此處簡陋，為什麼會選擇這裡？然而，我很確定就是這裡了，是記憶牽引我回來，再一次走進自己成長的空間，記憶裡那張通鋪，經常和兄弟用被窩枕頭混戰，夾雜著肥皂、痱子粉、球鞋的橡膠和腳臭氣味。

記憶牽引著我回來，再一次走進自己成長的空間。

我回到廳堂，抬頭看，有一座神案，置放在很高的位置。是三十年前吧，還是四十年前，最後離開這宿舍的人家留在牆上這個神案，有一幅坐在竹林裡觀音的玻璃畫，有供桌，還有卜卦用的紅木彎月型兩枚神筊。

這廢棄多年的宿舍，竟然還有神案留著。我向上拜了一拜，這是我熟悉的空間，有人生活過，有人在此上香，敬拜天地神佛，卜告天地，慎重每一件事的吉凶禍福。我住進來，不覺得陌生，彷佛原來就是我的家，離開後，又回來了。

住進來之後，每天我也就繼續燃香上供，案上總有各類新鮮花果，朋友從嘉義寄來的筆柿，鮮紅盈潤，隔壁鄰居賴先生送的芭樂，或是玉里的木瓜、百香果，有時是關山天后宮廟口阿嬤自己家裡採來賣的野薑花，我都一一先供在神案上，希望無論遷離到哪裡，這屋子原來的主人也都有神佛庇祐，一切平安。

廳堂後方連接著很簡單的廚房，可以燙野生的菜。池上新收的稻米，浸泡一夜，開大火煮沸，立刻關火燜，清晨就有一屋子米粥的香氣。那碗粥，帶著季節所有的芬芳，日光、雨露、土地、雲和風，都在粥裡，那碗粥，讓生活美好而又富足。

很小的衛浴間，窗戶可以眺望一個庭院，隔著庭院，另外一棟建築就是我的畫室，我已經聯絡了池上書局的簡博襄先生，他是公東高工畢業，很快為我動手設計完成了可以工作的空間，兩片兩公尺乘三公尺的夾板，可以直接用釘槍釘上畫布。顏料、炭筆、粉彩、亞麻仁油、松節油，我的學生阿連都準備好了。

我要畫池上了，好像心裡忽然有一種篤定：我要畫池上，畫稻田，一百七十五公頃沒有被切割的稻田，還沒有被惡質商業破壞的稻田，一望無際，一直伸展到中央山脈大山腳下的稻田，插秧時疏疏落落的稻田，收割翻土後野悍扎實的稻田，我的畫布是空白的畫布，我坐著看了很久，記憶不起來剛剛看過的十月即將秋收前池上稻田的顏色。

稻田究竟是什麼顏色？

聲音帶我到了池上，氣味帶我到了池上，春夏秋冬，晨昏和正午的冷暖痛癢，都在身體裡帶我一點一點在這裡落土生根了。

池上日記

卷一——山影水田

池上日記——相伴

天地不仁，天地也無私，
油菜花的季節過了，水圳開閘放水。
田土裡潺潺水聲，水光映著天上雲影徘徊，
那時沒有幾個人會發現土裡還有一點輾碎的油菜花瓣。
四時這樣輪替，萬物並育，不會為任何生命驚叫留連，

禎宏

二〇一四年十一月下旬，魏禎宏來池上。禎宏是東海美術系第三屆學生，畢業後，在巴黎讀書創作，前後有二十年了。走創作的路，開始一定經歷了一些生活上的艱難吧。但他總是很開心，仍然每天用便宜的價錢料理好吃的菜，喝好喝又不昂貴的紅酒。也總不會錯過巴黎重要的畫展、電影、舞蹈和戲劇表演。

讀美術系，最後能持續畫畫的學生不多，一屆三十個學生，我算一算，能持續不放棄創作的，常常不會超過五個。

我會覺得對美術教育失望嗎？好像也沒有。

我相信創作本來是不能教的。禎宏畫畫，我也畫畫，有時候不覺得我們是師生。我們一起看電影，談王家衛《阿飛正傳》裡的潘迪華，一起讀小説，他把馬奎斯《百年孤寂》裡的蝴蝶用在一張版畫的女人頭上，我就想起他大一時我們談拉丁美洲魔幻寫實的課。

我在系主任行政厭煩的最後幾年，打電話給禎宏，跟他説：「想回巴黎，躺在河邊發呆，想畫畫——」，他毫無猶豫回答説：「來啊！我安排。」

我因此持續幾年的暑假都去巴黎，在他女友緊靠聖米歇爾廣場的老馬房畫室畫畫。畫室對面有便宜又好吃的窯烤披薩，畫累了，走五分鐘就到聖母院，聽教堂管風琴，或看塞納河流水湯湯。

他從巴黎藝術學院研究所畢業，我問他：「要回美術系教書嗎？」他也很篤定說：「我不會教書，我只會畫畫。」

「只會畫畫」，讓他生活上一開始辛苦好些年，打各種零工，但一直讓他精神上比許多人富足吧。

有時候我覺得他在創作上比我更執著，走在創作的路上，他更無旁鶩、更純粹、更專注。

即使在生活困窘拮据的時候，他一直沒有放棄一定要有畫室，每天堅持到畫室工作。

他不太等待靈感，創作對他或許更像手工日復一日的勞動。他每天固定到畫室，面對空白的畫布，持續工作，不那麼計較結果好或不好，好像畫畫本身已經是莫大的快樂。

禎宏對各項手藝都有興趣，他學中世紀「聖像畫」（ICON），他學做古典馬賽克鑲嵌，他製作中世紀教堂的彩繪玻璃，在形形色色流行的「現代藝術」場域，他也有好奇，但似乎還是願意安靜回來坐在空白畫布前，好像那空白裡有他可以滿足的廣闊世界。

我在池上駐村，他恰好回台北開畫展。熬過二十年，開始有喜歡他作品的一群人，生活剛開始穩定。知道他畫展準備好，作品有固定客戶收藏，便問他：「要不要到池上走走？」

「好像還是很小的時候去過台東」，他說。

我便邀他到池上，在池上國中用課餘時間示範一堂木刻版畫。

木刻版畫是他長久喜歡的，可能因為材料簡單，表現技法可以很純樸。也可能因為木刻有文學的趣味，喜愛文學的他，每年也常自己製作木刻版畫的卡片，在新年時寄給朋友。

東海美術系在二十年前有去澎湖離島做木刻版畫教學的慣例。離島沒有美術老師，美術課由數學或英語老師兼任，奇怪的制度，學生當然學不到什麼，老師也苦不堪言。

學生暑假本來就常旅遊寫生，順便帶一堂教學課，也是有趣經驗，沒有人計較酬勞。我們每年暑假就邀集二十名學生到望安、將軍嶼、吉貝去教學。那些年認識澎湖的小學生，當時十歲左右，現在已是壯年，還會記得昔日那些好玩的課程嗎？學生認識了小朋友，短暫相處，告別時，帶去的木刻用具材料也就多留在離島，也或許會啟發一個愛美術的孩子，開始用刀鐫刻出心裡的嚮往吧。

魏禎宏池上版畫教學。（簡博襄攝影）

禎宏或許也還有記憶，記得青年時在那些荒悍島嶼遊走時的種種吧……酷熱炎烈的夏日陽光、乾涸如死的土地、峻嶒巖礁石塊砌建的廢棄房舍、耐旱的仙人掌植物，高飛入雲又突然墜落的求偶的雲雀……。

禎宏記憶裡的離島，有時也會像他在大都會裡遇到的人，有著一樣荒涼寂寞如廢墟的身體嗎？

十一月二十七日，禎宏在池上國中做了一天的木刻版畫教學，校長游數珠也參加了，還有幾位年輕老師、幾位學生家長、秋菊皂坊的主人、池上書局的菊苹和博襄都參加了。在池上，如果願意學習，沒有那麼絕對的師生界線。校長跟我說：

「池上國中是全台灣最大的國中——」

「多大？」我問。

她指著中央山脈說：「一直到山邊」。

這是一個沒有圍牆，沒有邊界的學校。很廣闊，也很自信。

學生在無邊的天地奔跑、翻滾、追逐、踢球，發展出寬闊健康的心胸。

視野二字很抽象，我相信看得很遠是視野的基礎。

胸懷二字也很抽象，我也相信，廣闊的天地培育出不一樣的胸懷。

池上國中的孩子不拘束，不拘謹，開朗而成熟。像沒有一直被修剪束縛的樹，枝葉都可以自然生長，葳蕤茂盛，比都會的大學生更像有膽識擔當。

一個學生告訴我：「上課時有蛇從屋頂掉下來。」

「真的？」我有點嚇到。

學生點點頭，好像理所當然。

「蛇追蝙蝠，掉下來。」他安靜回答，並且告訴我：「因為農田不用農藥，蛇就復育了。」

我很喜歡這些健康有自信的孩子，他們不扭捏畏縮，跟人的對談平實大方。

做版畫的過程中，學生從紙上的描繪開始，再把圖複製在代替木板的橡膠板上，然後下刀鐫刻，最後上油墨，用馬連拓印。每個人的作品印好展示在教室牆上，都有很滿足的成就感。

我走到校門口，看到兩邊有刻在大理石上的對聯，是池上國中退休老師蕭春生的書法。上聯是「風物從茲欣所遇」，下聯是「江山待此啟人文」。

我看著走過意氣風發的青年，不確定對聯內容裡深刻的期許，他們是否能懂。但是他們眼前真的有聳峙的大山，中央山脈綿延不斷；他們眼前也有卑南溪，穿山越嶺從谿谷蜿蜒而來，匯聚成浩浩蕩蕩的大河。江山如此，自然有可期待的人文風物。

對聯

池上有很強的書法傳統，一部分可能來自客家閩南移民強調耕讀的農村文化基因。我在葉雲忠家就看到下田以後的葉

客家閩南移民的農村文化基因，從池上的書法傳統可見一斑。

太太勤寫書法，頂樓上懸吊著一幅一幅全開的大字書法，我笑著說：「來這麼多次，不知道你的閣樓臥虎藏龍。」

不多久，東海美術系第一屆畢業的魯漢平也來池上，他專攻書法，在彰師大授課，跟我說他曾經就讀池上福原國小，他的母親在此任教，也啟發了他此後持續不斷對書法的興趣。

我在池上四處閒逛散步，因此很容易注意到漢字的書寫。除了客家閩南源遠流長的耕讀傳統，或許還有更晚一點外省榮民帶進來的書風。有一處舊眷村昔日入口的碑坊題字，上面寫的是「新興區十六莊」，下面的紀年是「民國五十九年秋季」，字體寬闊平正，沒有文人字的作態，但很工整大方，想像得到當年解甲歸田的許多榮民，落腳池上，背井離鄉，卻初初在戰亂流離中喘了一口氣。他們新來乍到，在這裡建起家園，書法裡也有一個時代精神上恢宏創業的氣度吧。

有一天在福吉園附近散步，看到記憶深刻的一幅對聯，上聯是：

東鄰起釁，從戎背井衛國土

我看到上聯這個句子，彷彿忽然看到一個不復被記憶的時代、一個烽火戰亂的歲月、一群逃亡的青年學生，被東邊鄰國挑釁，被迫離開家鄉，放棄了學業，參加抗日的隊伍，相信自己年輕的生命可以護衛國土。

下聯很有趣，是到了池上之後的寫實描寫：

欣蒙輔導，解甲歸田建家園

看起來有一點歌功頌德，但是在一九六〇年代，大約有很多這樣經歷過戰亂的軍人，從行伍中退下來，參與到東部的開發事業吧。脱去了軍服，開墾務農，一晃眼就是半個世紀，昔日投筆從戎的青年，如果還倖存，大概都是九十上下的老人了。我在池上看到一兩位這樣的身影，便想到仍然留在「東欣二村」門坊上的這一幅對聯，用「東」「欣」二字起頭，說了池上許多戰爭移民一生的故事。

池上這幾年的外來移民持續不斷，東南亞的外籍新娘不少，很快成為許多國小、國中孩子的母親。他們都參與到這塊土地中，成為江山裡被包容照顧的新住民，帶來新的文化、新的語言、新的信仰，風物從茲欣所遇，這一片美麗的江山原是讓四處來的生命都在此歡欣相遇吧。

島嶼的故事很多，小小的池上，原住民、客家、閩南、榮民、新移民——各自有各自的故事。如果願意坐下來，靜靜聆聽他人的故事，才是尊敬與包容他人存在的開始吧。

有人告訴我一位越南新住民當了池上學校家長會會長，有人意外，但她是學生的母親，當然也就是池上的「家長」。

油菜花

我喜歡縱谷的冬天。

田地收割了，獷悍的土地上留著粗粗硬硬的稻梗。稻梗燒起熊熊野煙，田裡流走著墨黑焦苦的橫直的線，是一般觀光客不容易看到的風景。

有時候太執著於精緻的文明，會錯過真正生活裡大氣有生命力的創作。令人震動的古埃及金字塔是帝王陵墓，中國的長城是為戰爭修建的防衛性建築，未必是在精緻藝術動機下創作出來的作品，卻也是所有精緻性建築藝術難以匹敵的偉大文明標誌。

我十分懷念池上舊農村時代留下的一些產業的遺址，像萬安山坡上一處舊的磚窯廠，建於一九五四年。農業時代，家家戶戶都需要磚，燒磚是重要產業。後來新興鋼筋水泥成為建築材料，萬安山坡黏土也開發殆盡，原來興盛的磚窯廠近幾年也就廢棄不用了。一個接一個圓形的土窯，大約有十幾個之多，連成一線，蜿蜒如蛇，這是民間俗稱所謂的「蛇窯」嗎？池上書局提供我的資料是「登窯」，也稱「目仔窯」或「坎仔窯」，有十九個窯，五個點火口，長達五十六公尺。第一目的窯洞高一・九公尺，二〇〇三年地震，震毀好些窯目。但目前大致還可以看出當年原貌，全盛時代，這個窯廠燒磚供應縱谷左近許多建築用磚，曾經是如何繁忙的產業。

這樣的古窯形式，小時候，看到很多，產業一旦改變，很快就消逝了。如果位於都會附近，地價昂貴，更是快速被剷除，留不下一點舊產業的記憶。沒有記憶，沒有歷史，對一塊土地的認同是非常淺薄的，即使一時喧囂熱情，難以沉澱累積，很快就煙消雲散。池上位處縱谷南端，從北部都會或南部都會到池上，都不是一蹴可幾，傳統產業的許多生活記憶都還算完整，市街上以前為農家打造農具的鐵鋪，萬安村的磚窯廠，舊的穀倉將改建為美術館，保留著穀倉在半世紀裡的產業記憶。舊的養蠶場，在產業轉型的時刻，可以轉變成什麼新的能量？也許是所有農村小鎮可以一起思考的功課，其實也就是所謂文創吧。讓傳統木材、土磚、金屬、紡織的產業轉型，材料、手工技術都要傳承，作品有全新的現代性，產業才能永續。

萬安山坡上的舊窯廠，曾經繁華一時。

磚窯廠位在海岸山脈的丘陵上，可以眺望池上縱谷平原，視野很好，窯廠附近有巨大的苦楝樹，冬季落盡樹葉，長枝條上掛著一串一串苦苓子，看起來像青黃色圓圓的橄欖。

窯場除了燒磚的窯洞，還有昔日壓磚用的鐵製模具，遺棄在草叢間，已經鏽蝕。這些鋼鐵模具，焊接起來可能都可以是好看的金屬雕刻，如同多力米擺置的舊碾米器具，不但是產業記憶，也同時是有很美的造型結構的現代裝置。

冬季的風吹起，野煙飄散，稻梗用機器打碎，翻在田土裡做肥料。接著就開始撒油麻菜籽。大概在十二月中前後，油菜就整片長起來，原來油綠綠的菜葉，下一場雨，就開始搖盪起明黃嬌嫩的油菜花來了。

油菜花在中國江南很多，時間晚一點，大概二、三月初春，一直到清明前後，都是江南的好風景。我也在尼泊爾高山上看到油菜花，種在高高低低的梯田裡，又是另一種景致。

油菜花開成一片的時候，白色的小蛺蝶飛舞其間，看到的人都覺得愉悅，彷彿是春天最早的宣告。

大自然裡，植物為了授粉，大多發展出強烈的顏色。吸引複眼的昆蟲，讓蝴蝶、蜜蜂容易找到目標，完成花粉傳播，完成交配繁殖，花的色彩其實隱藏著生存的競爭力。

紅色是高彩度，容易被發現，植物裡多紅豔的花，是令人覺得富足圓滿的色彩。華人民間多愛紅色，紅色是喜慶的顏色，過年過節也都一片紅。新年時，我到關山天后宮拜拜，光緒年間的廟宇，形式很古典，沒有太多改建的破壞。廟埕也很完整，是台灣少數寺廟前廣場沒有被破壞的。這也要感謝交通不方便之賜，沒有炒地皮的價值，才讓一所有歷史的廟宇保存了原貌吧。

我很喜歡關山天后宮的石雕壁塑，形式拙樸，連色彩也都有民間的喜氣。

民間用色彩自有一套觀念，天后宮一到過年，廟宇前廳掛滿一式大紅燈籠，紅通通，讓人從心裡暖起來。這是設計師做不出來的設計，藝術家大多也不敢如此大膽，但是真好看，喜慶的圓滿，年節歲月的祈願祝福，都在這一片單純紅色中，讓人覺得有福，可以低頭合十，在神明前說心裡的願望。

從關山天后宮歡樂的紅色走出來，一路就看到田野裡大片大片的明亮喜悅的油菜花的黃。

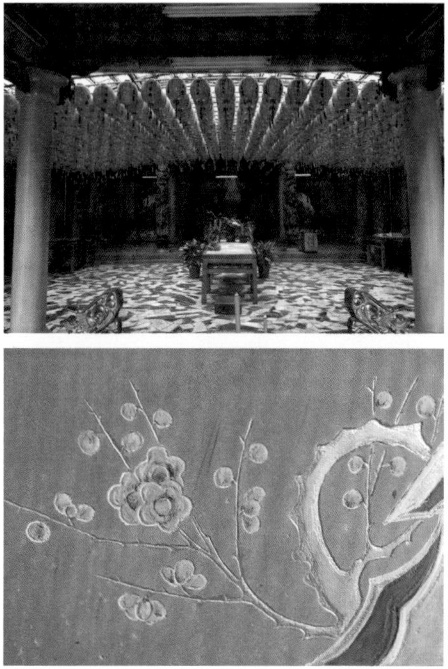

關山天后宮前廳掛滿大紅燈籠（上），石雕壁塑樸拙卻充滿喜氣（下）。

黃色是高明度，也是容易被發現的顏色。許多菜花是黃色的，像各種瓜類的花，沒有紅花那麼豔，但是明亮喜悦，也一樣蜂蝶環繞。

民間取用紅色代表喜慶祝福，古代皇室就選擇了明黃，他們其實是很知道大自然裡色彩所代表的生命強度吧。

新開的油菜花好看，吃起來也香甜清新，彷彿把春天含在口裡，捨不得咬，水嫩芳甘，什麼作料都不加，配清粥，像小小村落無事悠閒的平常歲月。

油菜花開到極盛，明亮得讓人眼睛都亮了，走在田裡，喜悦開心，不知如何是好。盛大歡樂的黃，讓人愉快，也通常招來很多遊客，蹲在稻田裡，爭著跟花拍照。

油菜花開到極盛，通常附近的育苗場已經培育好秧苗。秧苗一盒一盒養在塑膠盆的淺土中，定時灑水，定時打開覆蓋的白棉布曬太陽，像照顧嬰兒，不可有一點閃失。

秧苗準備好之後，插秧之前，推土機轟轟開動，整片燦爛金黃的油菜田就在車鏈下應聲倒下，輾爛在土裡。

第一次看到油菜花如此被「荼毒」，許多人大多都會驚叫，心中抱怨：推土機怎麼這樣蠻橫霸道，這樣蹂躪美麗的花海。

農民哈哈笑著，油菜花本來是要做肥料的，季節一到，都要刈除，混壓入土中。農民他們都知道，但看到快哭出來的外地觀光客，他們也彷彿有私下促狹捉弄一下遊客的快樂。

天地不仁，天地也無私，油菜花的季節過了，水圳開閘放水。田土裡潺潺水聲，水光映著天上雲影徘徊，那時沒有幾個人會發現土裡還有一點輾碎的油菜花瓣。

四時這樣輪替，萬物並育，天地真的無私，天地也不仁，不會為任何生命驚叫留連，我走在池上田壟間，知道不應該有多餘的眷戀牽掛。

初初插秧的季節，空中常有細雨。立春以後，耕耘機在水田裡來來往往，間隔疏疏密密，田裡立起一道一道美麗細嫩的稻秧，青翠明亮，像嬰兒的小手小腳。剛插秧的水田是亞洲稻作地區非常美麗的風景，歐美以種植大麥、小麥為主的地區，多是旱田，少了水，少了綠色，也少了東部亞洲特有的溫柔秀麗。

水田之美，台灣、泰國、中國江南、日本都可以看到。但是水田之美，我深深以為，台灣是可以考第一名的。台灣多兩期稻作，有些地方到三期，水田的風景因此是許多人成長的記憶。以前城市近郊，許多梯田風景慢慢消逝了，嘉南平原的農地也有輟耕現象，產業跟美的記憶，當然面臨轉型。時代轟轟向前駛去，我們或許留不住什麼，我走到池上，遊走在瑞穗、富里、關山、鹿野，彷彿想印證自己曾經有過的美麗歲月，童年、青少年，那些可能物質經濟不富裕的年代，卻看過最富麗的水田風景。

如同今日的池上，如同今日縱谷還有許多同樣美麗的角落，聽到一個媽媽拿著兩個新摘絲瓜，像是抱怨又像是歡喜向左鄰右舍詢問：「一早起門口擺兩個絲瓜，誰送的啊？」沒有人回答，大家笑著，彷彿覺得這媽媽的煩惱也是多事。

我的畫室有新鋪的水泥前院，隔壁媽媽就把新切成條的菜

池上的每個美麗角落，都讓人珍惜歲月如金。

脯、花生、芥菜一排排擺開曬，有一點抱歉地說：「這裡曬，乾淨。」

我因此也常吃到他們醃的梅子、曬的筍乾、菜脯。有一天得到葉雲忠家的雞湯，味美甘甜得不可思議，我問加了什麼，他們說：「只有醃了十四年的橄欖——」

池上家家戶戶都像藏著寶，十四年的橄欖、十八年的菜脯，市場上買不到，不是價格昂貴，而是時間如此珍重。在一切快速的時代，我們失去所有對物質的等待，我們沒有耐性等待，會知道什麼是愛嗎？

有比時間歲月更昂貴的東西嗎？

十四年，我們還有耐性把橄欖放在甕中，等待十四年嗎？我們還有耐性讓菜脯放十八年嗎？不發霉、不變酸，十八年，是如何細心照拂才能有這樣的滋味？

面對池上許多菜脯、橄欖，小小的物件，但我總是習慣合十敬拜，因為珍惜歲月如金，知道這裡面有多少今日市場買不到的東西。

走過剛插秧的水田，田裡淺水反映出遠遠近近的山巒，反映出天空的藍，反映出來來去去的白雲，水圳嘩嘩，像唱著快樂的兒歌。

歡喜讚嘆——

震旦博物館北齊佛像

一個身體，通過一切的寵辱，
通過喜怒哀樂，通過一切的愛恨生死，
最後彷彿不斷問自己：還可以少掉什麼？
拿著雕刀的工匠，面對一塊石頭，
浮現出他記憶裡的面容。

雕刻

雕刻的藝術，很早就與人類信仰結合在一起。

原始初民，面對一塊石頭，翻來覆去，觀察石頭的造型，感覺石頭的重量、體積，感覺石頭質地的緊或鬆、光滑或粗糙，開始有了最初始的關於石頭的思考。

文明史上說的「石器時代」，可以追溯到一百萬年前了。漫長的一百萬年，人類的手開始感覺一塊石頭，開始利用一塊石頭，開始切割一塊石頭。

民間口語說的「切」「磋」，大概都是初民長時間使用石塊製作工具的經驗吧。《論語》中發展成「切」「磋」「琢」「磨」，最初用「敲」「打」，用「碰」「砸」的重力方法的技術，似乎逐漸發展成更緩慢細緻的「琢」和「磨」——雕琢、磨細。

我們在自然史博物館常常看到的舊石器時代的手斧，上面留著粗礪的敲擊痕跡，沒有磨平，沒有更精細的拋光。要經過一百萬年漫長的經驗，人類的手在石塊上的記憶才緩慢了下來。用水混合著細沙，在石塊表面慢慢地磨，使粗礪的石塊表面愈來愈光滑瑩潤，石頭變成了「玉」。

「美石為玉」，古書裡的句子，很清楚說明了一個民族文化從舊石器進步到新石器的過程。

漢民族的石器記憶似乎特別長久，也在文明初始的階段留下各式各樣不同的玉器雕刻造型。

博物館裡的玉圭、玉璧、玉琮、玉璜、玉環、玉璋，在精緻完美的藝術造型背後透露著一個漫長文明經驗的「石器」記憶。它們似乎是各種工具器物的變形，從實用的生活工具，轉變成了精緻美麗的歷史紀念，在典禮儀式中使用，用來禮拜天地祖先，用來感謝漫長歲月裡陪伴度過的生活的艱難或溫暖。

在一塊石頭裡尋找記憶裡的圖像，把腦海記憶中忘不掉的形象用金屬或石塊顯現出來，叫做「銘」「刻」。

兩萬年前威廉朵夫的裸體母親形象，是雕刻最早的人體記憶。十公分左右高的石塊，拿在一個初民手中。他凝視石塊，浮出一個女性的身體——巨大的乳房，很寬闊的骨盆，壯大有力的臀部、大腿，豐滿的下陰部。這是他記憶中難以忘懷的母親的形象吧。他從這樣的身體中孕育誕生，曾經被懷抱在這樣寬厚的胸膛上，吸吮飽滿的乳汁。受驚嚇攻擊時，可以勇敢保護他的身體，巨大寬厚，讓一個成長的孩子一生不能忘記。

威廉朵夫兩萬年前地母雕刻

那形象深深留在腦海中，不斷重複，最後會使這個形象被複製雕琢在一塊石頭上，我們叫作「雕刻」。在沒有金屬的遠古，在沒有工具的洪荒歲月，用自己的手，用一塊硬石，慢慢敲打，切、磋、琢、磨，把心裡念念不忘的造型銘刻在一塊石頭上。

在維也納的自然史博物館，我總凝視著這件作品，想像兩萬年前人類的手，人類手中的石塊，以及心裡念念不忘的記憶。

沒有動機，其實是沒有藝術可言的，藝術的動機或許常常是心裡念念不忘的記憶吧。

第七車廂

使我想起心裡最深的記憶的，有時候不是美術館的作品，而是現實生活裡的一個畫面。如同最近在高鐵第七節車廂遇到的婦人。

剛開始可以買敬老票，因此就被排到高鐵的第七節車廂。以前沒有機會認識第七節車廂的乘客，這一節車廂特別留給老人、身障者、盲人，有時也有孕婦，也有空間較大的座位，留給使用輪椅的乘客。

因為自己是第七節車廂裡行動比較自如的乘客，心裡有很多感謝，也有機會觀察到許多自己不太熟悉的艱難的身體。

這一節車廂裡的身體，變成我二〇一四年重要的功課。我觀察這一節車廂的設計，比較寬的走道，方便輪椅或持助行器的乘客通過，經過特別訓練的服務人員，不時逡巡，看有沒有需要幫助的乘客。

坐在這一節車廂中，看到周遭艱難的身體，對自己身體行動的自如，也有稍許的不安吧。

我為什麼可以坐在這一節車廂，受到特殊的照顧？我是要來做以前忽略、沒有注意到、沒有做好的功課嗎？

母親

一月七日，從高雄坐高鐵到台北，因為是直達台中才停靠的快車，上了車就按斜椅背，準備休息看書。

車快要啟動前，忽然聽到喧譁吵鬧的聲音，從七號車廂的後端入口傳來。許多乘客都被不尋常的騷動聲音驚擾，回頭張望。

我坐在最後一排，聲音就近在身邊，但是看不到人。是粗啞近於嘶吼的聲音，彷彿有人趴在車門邊，一聲一聲叫著：「你帶我去哪裡呀——你帶我去哪裡呀——」

然後，七車的服務小姐神色倉皇地出現了，引導著兩位糾纏拉扯的乘客入座。

車子緩緩開動了，這兩位乘客終於坐定，就在我座位斜前方。

其中一位五十上下的婦人，很胖的身軀，有點變形的臉，不斷繼續嘶吼咆哮著：「你要帶我去哪裡呀——我不要去——」她像撒賴的孩子，雙腳用力跺著車廂地板，用手猛力拍打前座的椅背，吼叫「我不要去——」

許多乘客都露出驚惶的眼神，前座的乘客悄悄移動到其他較遠處的空位上。

在第七節車廂遇到過衰老的人、肢體殘障的人、失明的人、坐在輪椅上的人、手腳抖動的帕金森氏症患者，但是第一次遇到「智障」的乘客。

我沒有想過，身體有這麼多艱難，「智障」，當然也是一種生命的艱難吧。

我在斜後方，看著這智障的婦人，肥胖有點失了輪廓的軀體，濃黑的眉毛，很寬而扁平的顴骨，張著口，粗重的喘息，不斷四下張望的彷彿被驚嚇到的眼神。

這樣不安、這樣躁動、這樣倉皇，這樣懼怖驚恐，彷彿被圍獵的野獸，無處可逃。她雙腳跺著地板，哭號著：「你要帶我去哪裡——」

我或許也被嚇到了吧，焦點一直凝視著這智障的婦人，她忽然回過頭，跟旁邊一直安撫著她的另一個婦人說：「我要吃——」

另一個婦人大約七十歲到八十歲之間，很蒼老，一臉皺紋，黧黑瘦削，但是身體看來硬朗堅強。她即刻從一個提袋裡拿出一包鱈魚香絲，遞給智障的婦人說：「吃啊，乖喔——」

智障婦人迫不及待，一把扯開包裝的玻璃紙袋。一條一條像紙屑一樣的魚絲飛散開來，撒落四處。老婦人趕快爬下去，一一拾撿，放進智障婦人的手中。

有一些飛散在我身上，我撿起來，交給老婦人，她回頭說：「謝謝。」

我笑一笑，問她：「女兒嗎？」

她點點頭。

她的女兒把鱈魚香絲塞進口裡，大口咀嚼，魚屑一片一片從口角掉落，母親為她擦拭著。

女兒好像安靜了下來，但不時會突然驚惶地問：妳要帶我去哪裡？

母親很耐心地說：「出去走走啊，悶在家裡怎好？我們在大陸旅行不是也坐火車嗎？」

一個近八十歲的母親，照顧一個智障、近五十歲的女兒，那是多麼漫長的一段歲月啊。

一個母親，也曾經怨悔過嗎？忿恨過嗎？厭煩過嗎？覺得羞辱過嗎？想要逃避過嗎？

我在斜後方，做著我應該做的功課。知道自己沒有能力做得比這一位母親好。

母親安撫了躁動驚惶的女兒，女兒彷彿沉睡了，母親為她蓋上外套。趁女兒睡著，她從提袋裡拿出像是女性刷睫毛的小圓筒，抽出沾黑膏的小刷子，為女兒刷染頭上花白的頭髮。車窗外夕陽的光，映照著挑起的一絲一絲的髮絲，髮絲從白變成黑。

我知道自己有很多生命的功課要做，比藝術更重要的功課，比美更重要的功課。

北齊佛像

我的手機裡有幾個月前在上海震旦美術館拍的一張北齊佛像，我找出來設定成手機頁面。

北齊，西元五五〇到五七七年，一個只有二十八年歷史的朝代，充滿鬥爭屠殺，政權過了之後，那一時期工匠們雕刻的佛像，帶著淡定的安靜微笑，靜靜看著人世間的喜悅與哀傷。

我無法知道，為何是這一尊像，在此時出現，彷彿安慰，彷佛悲憫，又彷佛只是靜靜看著一切，沒有喜悅、也沒有悲傷，又像憂愁，又像微笑著，像經文裡說的——「應無所住」。

米開朗基羅曾經試圖在一塊巨大岩石中找出人的形象，掙扎的、扭曲的、努力從混沌中要衝出來的身體，像是我們面目模糊的自己，嘗試逐漸摸索出存在的意義。

北齊〈佛立像〉

在這個城市，在這個島嶼，與許多人偶然擦肩而過，記憶一個眼神，記憶一個微笑，常常似乎是錯覺，即刻回頭眺望，淹沒在一大片茫茫人群間，再也不會相遇，消逝無影無蹤。那麼短暫的緣分，那麼深刻的記憶，留在腦海裡，時間歲月逝去，記憶的輪廓卻愈來愈清晰。一旦凝視一塊石頭，帶著岩漿紋理的石頭，被海浪雕琢旋磨的石頭，就彷彿又喚起那淹沒在千萬人群中遺忘的輪廓，想在石塊裡找回那記憶，那是人類開始雕刻一塊石頭的動機嗎？

北齊的佛像，傳承印度笈多（Gupta）王朝時期佛像的美，去除繁瑣堆砌，使線條還原到最素樸的潔淨簡單。衣紋摺疊，像永恆的秩序，簡單到只是「飯食訖，收衣缽」，簡單到只是「洗足已，敷座而坐」。

我希望生活可以如此簡單，像一個母親照顧孩子，日復一日，沒有多餘的愛恨。

一個身體，通過一切的寵辱，通過喜怒哀樂，通過一切的愛恨生死，最後彷彿不斷問自己：還可以少掉什麼？

還可以少掉什麼，拿著雕刀的工匠，面對一塊石頭，浮現出他記憶裡的面容。

通過寵辱，放棄寵辱，通過嫉妒，放棄嫉妒，通過恨，放棄恨，通過愛，放棄愛，那就是「應無所住」嗎？

因為通過了，懂得平靜。因為放棄了，捨去了，才能領悟包容嗎？

我彷彿第七節車廂那個不時會驚慌的孩子，智障無明，在這尊像前不斷問：你帶我去哪裡？

公東教堂——懷念錫質平神父

真正的鐘聲，應該是自己心裡的聲音吧。
是聽到了這樣的聲音，
錫神父才從瑞士山區來到了台東吧，
信仰的聲音，沉默、安靜，
卻可以如此無遠弗屆。

近幾年，范毅舜用攝影形式出版報導的《海岸山脈的瑞士人》和《公東的教堂》引起很多人注意，連帶也使更多人知道了瑞士白冷外方傳教會（Societas Missionaria de Bethlehem, SMB）在台灣東海岸所做超過半世紀的奉獻。

一九五三年到台東，創辦公東高工的錫質平神父（Hilber Jakob, 1917-1985）的故事，更是感動了很多島嶼上的人。在現實社會的瑣碎喧囂裡，真正的奉獻是如此無私的，不炫耀，不喧譁，安靜沉默，不求回報。

公東教堂參觀的人多起來了，對這所以技職教育聞名的高中，一定也造成一些困擾吧。我閱讀了一些資料，卻遲遲沒有預約參觀。

正巧台灣好基金會邀我在池上駐鄉創作，在地池上書局的簡博襄先生替我打點生活居所和繪畫創作的工作室。工作室的櫥、櫃、抽屜、畫板，他都親自設計動手。看到他傳給我的工作室繪圖，比例規格嚴謹，媲美專業建築師。我因此問起他在何處學得這樣手藝？他說：我是公東高工畢業的。我「啊——」了一聲，彷彿過去閱讀中還很抽象概念的公東高工，突然變得這樣具體。美，或許不只是虛有其表的抽象觀念，其實是扎扎實實的手工吧。博襄是我認識的第一個公東高工的畢業生，就在我眼前，我也才因此萌發了想去公東高工看看的念頭。

公東高工目前的學務主任楊瓊峻先生是博襄的同學，因此很快聯繫上，從池上去了公東。

瓊峻和博襄一見面就熱絡攀談起來，在這個校園一起度過十五歲到十八歲的青少年時代，大概有許多外人難以體會的溫暖回憶吧。我聽他們講宿舍的通鋪，講每天清晨錫質平神父依次敲宿舍的門，要大家早起。博裏說他們住第一間，第一個被叫醒，還想睡，神父敲第二扇門、第三扇門，敲到後面的寢室，第一間寢室的學生又睡著了。哈哈大笑的聲音裡，有匆匆三、四十年過去的莫名的感傷吧。時間歲月逝去，或許不只是喜悅或遺憾，只是覺得不可思議，哈哈的笑聲戛然而止，忽然沉默下來。

空著的鐘塔

我站在那一棟著名的清水模的建築前，一九五七年到一九六〇年修建完成。形式如此簡單，灰色磨平的水泥和沙，透著粗樸安靜的光。抬頭順著樓梯看到二樓、三樓、四樓。頂樓上是教堂，有一個略微高起來的塔。據說當時設計時留有這座鐘樓，但是後來經費不夠，鐘樓就一直空著。我看著始終沒有掛上鐘的塔樓，上面有式樣單純到只是水平與垂直兩條線的十字架。

橫平與豎直，造型最基本的兩條線，也是西方上千年來構成信仰的兩條線。我私下動念，想找朋友募款捐一口鐘，讓公東教堂的鐘聲在半世紀之後重新響起。然而我也凝視著那空著的鐘樓，彷彿聽到錫質平神父的無聲之聲，在風中迴盪，在陽光下迴盪。對篤實力行的信仰者而言，真正的鐘聲，應該是自己心裡的聲音吧。是聽到了這樣的聲音，錫神父才從瑞士山區來到了台東吧，信仰的聲音，沉默、安靜，卻可以如此無遠弗屆。

從簡樸的樓梯邊向上眺望，博襄指給我看二樓錫神父的寢室。他的寢室就在樓梯旁，一轉角就是緊鄰的一排學生宿舍。每一個清晨，錫神父就像鐘聲，叫醒一間一間寢室的學生。被叫醒，還是會想睡，錫神父就一間一間再叫喚一次，一日一日再叫喚一次。信仰，就是一次一次內心的喚醒吧。

我眺望頂樓空著的鐘塔，想起海明威著名的小說《戰地鐘聲》。覺得這一直空著的教堂塔樓，是否傳送著比鐘聲還要更大的力量？那力量或許比鐘聲更要持久，是一次一次清晨喚醒學生的聲音，平凡、安靜、素樸，一日一日，不厭其煩，是在時間上無遠弗屆的聲音，是在每一個學生心靈上無遠弗屆的聲音。

安貧

走上樓梯，我撫摸清水模的壁面，感覺到沙和水泥混合在一起的質地。清水模，這些年在台灣的建築上有些被過度炫耀了，似乎當成是建築語彙設計上的名牌符號。從辦公室出來跟我們會合的藍振芳校長，謙遜有點靦腆孩子氣，看到我撫摸壁面，他解釋說：選擇清水模，因為白冷外方傳教會第一個信仰就是「安貧」。

「安貧」，所以不過度裝飾，不過度喧譁，不過度炫耀外表。讓校園的學生日復一日，知道沙和水泥樸素的本質，因

形式簡單的清水模建築，灰色磨平的水泥和沙，透著粗樸安靜的光。

此不油漆，不修飾，不貼壁磚。

這棟清水模的建築，早在上一世紀的六〇年代完成，遠遠早過安藤忠雄等等出名建築師的作品。或許只是因為「安貧」的信仰，使建築可以如此謙遜安分，不炫耀外表，不貼瓷磚，不做裝飾，露出純粹材質的樸素本質。

我想起中世紀後期行走於阿西西（Assisi）的聖方濟（St. Francis），想起在阿西西看到八百年前他身上穿的那一件全是補釘的袍子。想起他的語言，如此平實樸素，只是不斷說「愛」與「和平」。跟隨他的信眾多了，逼使他顯神蹟，他便帶領眾人去看高山上春天解凍的冰雪，看枯枝上發芽的樹，冰雪融化成水流，穿過溪澗，滋潤草原，流成長河，聖方濟跟大眾說：「這就是神蹟」。

目前梵蒂岡的教宗也以「聖方濟」為名，他的信仰也十分清楚，所以可以長年在南美洲為醫院貧病者洗腳。

信仰有如此相像的力量，聖方濟和野地的鳥雀說話，和綻放的百合花說話，他的布道平凡、素樸、安靜。歐洲繪畫史上聖方濟的「安貧」開啟了文藝復興的一位重要畫家喬托（Giotto）。我在翡冷翠，在阿西西，在帕杜瓦（Padua）都曾經在教堂牆壁上看到喬托畫的聖方濟故事，像敦煌莫高窟牆壁上的佛本生故事，都不是只為藝術製作的圖像。那些動人的圖像，也是像鐘聲一樣，世世代代傳遞著信仰的故事吧。

從誇耀設計的角度誇張建築形式，和從信仰的角度解釋一個建築的精神，可以如此不同。我喜歡藍校長的親切、溫暖、平實。公東高工，這個校園裡一直傳承著錫質平神父和白冷教派「安貧」的永恆信仰吧，素樸、純真、善良，教育因此有了核心價值。

窄門

二樓轉角，迎面就是錫質平神父的寢室。簡單的木門，門上的把手已很老舊了。藍校長忽然又像嚴肅又像頑皮地說：「這個門把很奇怪，沒有鎖，有人打得開，有人打不開。」

我起初不當一回事，但是連續去了三次，果然有人不費力打開，有人用盡九牛二虎之力打不開。我想起基督福音書上說的「窄門」，是不容易進的門，是許多人不屑於進的門，卻是信仰者努力要進的窄門吧。

宗教多有神蹟，不可思議，但是信仰也許只是堅持，如同一九五三年到台東的錫質平神父，心無雜念，只有對弱勢者的服務，創辦了這所技職學校。他費盡心力，邀請瑞士著名建築師達欣登（Justus Dahinden, 1925-）設計校舍。達欣登當時三十五歲，深受柯比意（Le Corbusier, 1887-1965）現代建築觀念影響，「降低造價，減少構件」，完成與白冷派「安貧」信仰一致的「公東教堂」。

錫質平神父又從瑞士引進當時最先進的建築相關手工技術，如木工技師徐益民（Peter Hsler），水泥匠師易爾格（Ruedi Ilg）等先後二十一位各個領域的專業技師，鑄鐵、木工、玻璃彩繪、水電、照明，為當時的台灣引進了世界先進觀念與技術。這些技師也心無雜念，留在台東數年，專心教育，教導偏鄉的青年，可以學一技之長，養活自己，也造福鄉里。比起半世紀以來台灣的教育部，似乎錫質平神父和這些技師為台灣做了更確實的貢獻。

看著錫質平神父有時開、有時不開的門，我想：或許門其實永遠是開著的吧，只是我們稍有雜念，就以為很難開了。

清水模的壁面留著砂石水泥的混合痕跡，很粗樸，和現代建築上過度雕琢過度修飾的清水模其實很不同。有內在信仰的建築，和徒具外在設計形式炫耀的建築，其實是不難分辨的。走在樓梯上，大家都會發現，樓梯有間隔，與主體建築的牆面分開。很容易覺得是刻意的設計手法吧，我還是記得藍校長的解釋，他說：白冷派的信仰要與世俗保持距離。

世俗的權利、財富，世俗的貪慾、憎恨、忌妒，我們可以保持距離嗎？我一步一步走在懸空的樓梯上，懸想著白冷教派的信仰。

所以錫質平神父和如此多白冷派的教士修行者都來到了台東？不是台北，不是高雄，不是熱鬧的都會，他們安貧，孤獨，與俗世喧譁保持距離。在半世紀前台東這樣的偏鄉，度過他們在異鄉的一生。然而，是異鄉嗎？努力進窄門的信仰者，應該已經沒有異鄉與故鄉的分別吧。

我一路聽著博襄、瓊峻這些曾經受教於錫質平神父的學生們談著往事。神父的家人從瑞士寄來昂貴外套，他很快變賣了，做了學生的助學金。神父給學生治病，醫治香港腳，教導衛生，親自替學生剪腳趾甲。學生打球，球滾入農民田地，學生踩入農田，就要受責罰。

這是教育嗎？沒有人否認，但是我們似乎早已失去了這樣教育的信仰。

教育如果只關心知識，只關心考試、學位，是可以對人不關痛癢的吧。

島嶼的教育剩下知識，失去了人的信仰；島嶼的教育剩下考試，失去了生命核心的價值。公東高工的故事留在島嶼上，讓教育的行政者汗顏，是對猶在僅僅為知識與考試中糾纏的青年們深深的警醒吧。

救贖的血痕

頂樓的教堂是被介紹最多的，看過很多拍攝精美的照片，但是到了現場還是很被震撼，我跪在後排椅凳上，感受像聖光一樣靜謐的空間。我是在中學時領受洗禮過的，當時從羅馬回來的孫神父要我挑選聖名，我在耶穌十二門徒中選擇了「湯瑪斯」，祂是不相信耶穌復活那位門徒，他說：除非我的手指穿過祂受傷的肋骨。

我選擇那聖名受洗前，孫神父笑著說：你懷疑嗎？

「我懷疑嗎？」我不斷問自己。我終究離開了教會，然而流浪遊走於世界各地，我仍然常常一個人潛進教堂，在幽暗的角落靜坐，看彩繪玻璃的光的迷離，或跪在那釘死在十字架的身軀下，試著再一次仰望信仰的高度。在使徒約翰撰寫《啟示錄》的希臘帕特摩島，在伯利恆小小的誕生聖堂前，我都俯身傾聽，希望再一次聽到自己內在的聲音，不是懷疑，而能夠像使徒約翰那樣篤定信仰「啟示」。

頂樓的教堂有兩扇向左右拉開的大門，大門拉開，一排一排供信眾望彌撒時坐的長椅，厚實原木嵌榫，半世紀沁潤，透著琥珀的光。大約二十排座椅，正對祭壇，祭壇上有鑄鐵的羔羊，代表生命的獻祭。

聖堂採自然光，祭壇上端有可以手工操作開闔的天窗，鑄鐵和玻璃鑲嵌的技術都極精準，經過半世紀，操作起來仍然自如順手。

台灣的手工技職教育在近三十年間毀損殆盡，民間原有的手工技藝盡皆沒落，苑裡的大甲藺編織，水里的陶缸燒窯，美濃的紙雨傘製作，原住民部落的植物染，埔里的手工抄紙，許多三十年前還記憶猶新的手工技藝，沒有成為人間文化財被保存，迅速被粗糙空洞的大學教育淹沒。許多技職學校紛紛改為「大學」，學校教育師生一起打混，敷衍了事，只會考試，只求空洞學歷，青年無一技之長，無法腳踏實地生活，教育垮掉，或許是島嶼政治經濟文化一起走向沒落敗壞的開始吧。

許多人把公東教堂譽為台灣的「廊香教堂」（Chapelle Notre-Dame-du-Haut de Ronchamp），「廊香教堂」是柯比意的名作，我十幾年前從瑞士巴賽爾進法國，去過一次廊香，寫過報導，也知道那是柯比意在戰後被轟炸後殘留的廢墟上重建的聖堂。許多動人的建築背後都隱藏著不容易覺察的信仰，只談設計藝術，不會有廊香教堂，也不會有公東教堂。

頂樓教堂，有著聖光的靜謐空間，令人內心震撼。

沒有信仰，也沒有美可言，金字塔如此，長城如此，奈良唐招提寺如此，巴黎聖母院如此，吳哥窟也如此，偉大的建築背後都有篤定的信仰。失去信仰，徒然比高、比大，其實在文明的歷史上只是笑話吧。

公東教堂很小，一點也不張揚霸氣，但謙遜平和，祭壇上方的自然光投射在鑄鐵的耶穌像上。達欣登的設計和教堂內部木工、鑄鐵、彩繪玻璃的製作，都使我想到一九三〇年代以後歐洲的包浩斯學院風格。手法簡潔乾淨，介於寫實和抽象之間。以耶穌鑄鐵像而言，肋骨部分像兩隻環抱的手，簡化的手掌、腳背都鑲嵌紅色玻璃的釘痕聖血，紅色裡透著光，彷彿救贖的呼喚。

教堂的音響設計極好，幾乎可以不用擴音設備，極不費力，聲音就可以清晰傳達到各個角落。可以想見神父彌撒時念誦經文和聖詩詠唱，那乾淨的聲音如何在空間裡，有久久不去的迴盪。

第三次去公東教堂是陪伴趨勢教育基金會執行長陳怡蓁，也因此認識了當年參與教堂修建的師傅楊見智先生，他正是學務長楊瓊峻先生的父親。生於民國二十一年的楊見智先生，教堂修建時應該還是三十幾歲的青壯年齡，如今已年近八十五歲。他在教堂牆壁邊，告訴我們當年用特製竹篾將灰泥彈打上牆，竹子彈性強，灰泥一坨一坨扒在牆上，不會鬆散脫落。他手工的製作，時隔近半世紀，至今仍然結實牢固。

苦路

戶外斜射的冬日陽光，一方一方照亮牆壁上的彩繪玻璃，投射在室內的地上，椅子上。彩繪玻璃是十四方耶穌「苦路」的故事，身上負載沉重十字架，一步一步走向骷髏地，頭上刺著荊棘，身上都是鞭痕，幾次匍倒地上，用自己的血做人世苦難的救贖，那扛著十字架的面容像是耶穌，也像是錫質平神父，是所有信仰者走向信仰高處的堅定面容。

從教堂出來，看到眾多公東的學生在籃球場打球，藍校長引領我看籃球架上一方小小金屬牌子，上面鐫刻「錫安東贈」，校長解釋：錫質平神父罹患癌症，一九八四年，家人從瑞士寄來七十五萬台幣，要他趕緊醫病，神父想到校園缺一個給學生運動的空間，便把醫療費用弟弟「安東」之名捐贈，修建了籃球場，並立一小牌，算是感謝弟弟錫安東吧。

公東高工在島嶼許多粗糙浮濫的「大學」將面臨淘汰廢除之時，卻成為優秀技職教育的典範，成為優秀人文教育的典範，也成為人性信仰的典範。

病重時堅持潛返台東的錫質平神父，一九八五年在他愛的台東逝世。他的遺體被當做「家人」，迎接進排灣族頭目自家的祖墳埋葬，飽受外來文化傷害的台東原住民，很清楚，誰才是「親人」。

池上日記——落地

陽光還沒有露臉，
色彩在等待，只要海岸山脈上一線曙光亮起來，
色彩便被召喚醒來，
紅的、綠的、黃的、紫的，喧譁繽紛，熱鬧如簇擁著的新妝女子，
要一起走出來見客人了。

一個關於便當的故事

二〇一六年初春節有九天連假，我不在池上。

這幾年，一到周末，池上遊客就多起來。如果是超過三天以上的連假，湧進來的人就更驚人。遊客如潮水，小小的鄉村，原有簡樸寧靜的生活自然被淹沒了。

我在池上住了一年多，日日享受安靜無人的村居生活，大概覺得自己福分太多，不應該霸占，不應該獨享，慢慢連假日就離開池上，把這裡的一切留給別人。

春節過後，我回到池上，許多人臉上驚魂甫定，好像經歷一場大戰。

「很多人嗎？」我問。

「光火車站附近的便當一天賣了八千個——」有人這樣回答。

一天「八千個便當」，對一個總共只有六千人口的鄉村而言，是有點像被「淹沒」了吧。

池上人口少，中山路上傳統服務鄉民的產業都有一定規矩。我常去的「吉本肉圓」，三代經營，年輕一代遵守古法，四神湯的湯底熬得到位，芡實、薏仁、淮山都入口即化。我吃的時候不加豬腸，一樣濃郁淳厚。生意的對象都是左鄰右舍，對象是認識的人，自然不會草率敷衍。他們的肉圓、米苔目都好，因為池上的米就夠好。池上遊客多的時候，年輕的帥妹賴品毓忙到沒有時間坐下來。她偷偷告訴我，「十一點以前湯頭還不夠濃——」但是常常三點鐘去，已經賣完了。他們也不想多做，每天就好好做一鍋，吃到就是緣分，不是都會速食店，為了牟利，快速打發客人，那不是池上人要的。

一個朋友在食安出問題時提出口號：不吃不認識的人做的東西。我笑她太偏激，但我也慢慢相信，島嶼偏鄉還留著許多好東西，像吉本的四神湯，像池上的米，像玉蟾園阿嬤做的豆腐乳，像關山的蜂蜜，像富里陳媽媽的「手路菜」，像家家戶戶自己吃的蘿蔔乾、醃橄欖，自己種給自己吃的枇杷、木瓜、梅子，市場買不到，吃到恍如一夢，原來食物可以這樣本分，健康又好吃。許久以來，縱谷被遺忘在島嶼的一個角落，慶幸還留下了人在產業裡的溫度與認真。

池上被記起來了，都會裡的人像潮水湧進來，池上可以屹立不搖嗎？

關於八千個便當的故事，有個哀傷的結尾，一家三口為了趕火車，匆匆擠在人群中買了三個便當上車，小孩打開便當，有滷肉，一口咬下去，「啊！滷肉外面有醬油，裡面都是白的——」

池上長大的孩子都知道，那是賣給觀光客的便當，不用花時間，意思到了就好，外面看是滷肉，沒有人在意裡面是不是滷肉。

不只是池上，所有島嶼還留著人的關心與溫度的產業面臨著同樣被「淹沒」的危機吧。

「有錢為什麼不賺？」你去質問賣便當的，你去質問惡質招客的自行車業者，你去質問給司機分紅招攬遊覽車拉客的大飯店，他們一定這樣回答。

「有錢為什麼不賺？」許多縱谷踏實過生活的人啞口無言。

池上中山路上的幾家好餐廳常常「休息去了」，我常去午餐的「保庇」素食，老闆娘一「休息」就十天，吉本肉圓一休息常常兩星期，我抱怨沒東西吃，年輕帥妹說：「去日本賞楓——」

他們要生活，生活做前提，錢可以賺，錢也可以不賺。人生沒有取捨，最終是悲哀無明的人生吧。

我在池上

我生活在池上，沒有電視，不看報紙，沒有社交應酬。這個小小鄉村，晚上八點，最熱鬧的中山路也少行人了。沒有戲院、卡拉ＯＫ，沒有夜店，台九線上的便利商店，開卡車的司機買了飯包，匆匆來去。他們不算池上居民，只是路過。居民晚餐後多就上床，餐廳也熄燈打烊，拉下鐵門。我因此不多久也習慣這樣作息，八點就上床看書睡覺。

春分以後，天亮得早，遠近雞啼鳥鳴，吱吱喳喳，不起床也似乎愧疚。通常五點鐘就出外散步，看清晨的雲無事在水田上浮盪，留連徘徊。太陽還沒有翻過海岸山脈，稻秧上結著清晨的露水，空氣裡都是植物的香，泥土的香。隔夜苦楝的花香像一片淡淡紫色的霧，還在四處飄浮流蕩，像找不到歸宿的搽了香粉的女子。

沒有電視，不看報紙，寫作、畫畫、散步就是富足生活。

池上之春（李昌隆攝影）

我通常出大埔村，沿著水渠往南走，左手邊是東邊海岸山脈，右手邊是西邊中央山脈。山都還沉在暗影中，像沒有甦醒的巨大的獸。走到土地公廟，拜一拜，由南轉東走，朝向萬安村，聽水渠流淌，潺潺湲湲。水渠有引道，嘩嘩連貫到不同高低的田裡，像有說不完的親暱話，要說給每一片不同的田土聽。每一方田裡一樣平平的水，像盛在淺淺的盤中，不多也不少。沿著萬安村再轉向北走，走到大坡池，天還未全亮，霧濛濛的，山影水光像一張濕透未乾的元明水墨，不用題跋，也不需要落款，空靈潔淨到一塵不染。岸邊水鴨驚飛，啞啞叫著，一長隊成群貼著水面掠過，飛到對岸。上一個冬天留下稀疏枯殘荷葉蓮蓬，像水墨裡的乾筆飛白，在春天的溫柔嫵媚裡帶著殘冬的淒厲孤冷。陽光還沒有露臉，色彩也都躲在暗影裡。色彩在等待，只要海岸山脈上一線曙光亮起來，色彩便被召喚醒來，紅的、綠的、黃的、紫的，喧譁繽紛，熱鬧如簇擁著的新妝女子，要一起走出來見客人了。

我或許也是路過吧，等日頭翻過山脈，天光大亮，我就回到畫室，面對著空白的畫布，想畫下大坡池沒有日光時的寧靜，想畫下水渠裡錚錚淙淙的水聲，想畫下苦楝樹春分時四處瀰漫的香氣，想畫下這初春時一個小小村落彷彿被遺忘的乍暖還寒。

然而，池上還是被記起來了，因為商業廣告重複播放，人們記起了這個在縱谷的小鄉村，記起他一條沒有路燈兩邊都是水田的美麗道路，記起一棵樹，樹底下坐著一位明星。那棵樹首當其衝，遊客爭相跟樹拍照，彼此推擠，踩到水田裡去，踩壞了剛插的秧苗，農民哭喪著臉央求：不要踩秧苗。遊客彼此惡言相向，把氣出在農民身上，質問農民：為什麼不插牌子，寫「不准踐踏」！

島嶼有什麼東西變質了？急躁、自私、蠻橫、草率，這個時代還會有真正土地的厚實安靜嗎？

「有錢為什麼不賺？」一日一日隨著變質的將不會只是一個便當而已吧。

黑色騎士

在池上受到很多照顧，池上書局的簡博襄夫婦，農民梁正賢、葉雲忠、張天助，世代住在池上，他們身上有一種篤定沉穩，不誇張、不虛飾矯情，常常是我拿來檢查自己的榜樣。

有一次我問梁正賢：「梁大哥，你覺得池上下一代會傳承下去嗎？」

問得沒頭沒腦，自己也覺得空泛得很，只是我對池上上一代的居民有一種敬重，好像希望在他們身上找到一些對的答案，減低我對類似便當故事的疑慮吧。

梁正賢沒有回答，他對不確定的事果然不隨便妄言。

得不到回答是我沒有認真思索吧，我也相信，解決問題的答案通常不會是一兩個人看似有智慧的一兩句話，而是許多人日積月累默默力行的力量吧。

傍晚以後，入睡前，我習慣到中山路的「田味家」喝一碗張力尤研製烹調的熱杏仁茶。力尤家原來開瓦斯行，池上街上會看到一個斯文優雅的少女，騎摩托車，肩上扛著沉重的瓦斯桶四處送貨。力尤是客家人，家裡本來就有做杏仁茶、牛汶水、草粿的習慣。把家學本業開店服務鄉里，很理所當然。一碗一碗現磨現烹調，不會是大生意，但做的人安然知足，來的人是親戚鄰居，外地人也很容易跟不忙的力尤攀談，不會被當成觀光客。

力尤是台灣好基金會義工，做很多地方的公益的事，也還是沒有把「賺錢」當唯一的生活目的。

二〇一五年的耶誕節，我看到力尤店裡聚集一些年輕人，七手八腳，忙著包禮物。我問：這是什麼？力尤說：「黑色騎士耶誕節要去萬安國小跟小朋友同歡，在準備每一位小朋友的禮物。」

我因此認識了「黑色騎士」，除了張力尤，也認識了「走走池上」的羅正傑，Life 21 House民宿的張俊偉，舒食男孩黃清譽，米貝果的郝朝洋，「莊稼熟了」的魏文軒，還有一位香港來池上的陳志輝，雲遊在外，沒有見到。

最初是池上七個三十歲上下的青年，騎著黑色單車，沿街兜售自己的產品。好像是做生意，但是純粹做生意，當然不會關心到偏鄉國小學生怎麼過耶誕節。

我因此上了「走走池上」羅正傑的臉書，更進一步了解這些池上「新青年」到底在做什麼。

正傑是新竹關西人，大學學資訊管理，畢業後做設計，也愛攝影。他常常環島，幾次經過池上，愛上了池上。住過「莊稼熟了」民宿，認識文軒，又住了Life 21 House民宿，俊偉知道中山路有老屋要出租，問他想要租嗎？

老屋就在鄉公所旁，兩層的小樓，挑高很高，原來是老診所，二樓全是老式木窗。正傑三十歲，心裡想：要不要離開台北？賺錢之外，可不可以過自己嚮往的生活？

這樣破釜沉舟的事，沒有人能夠回答，必須自己做選擇。

正傑跟房東見了面，老房子要整理，要花時間，也要花錢，房東答應簽九年的約，一個月一萬租金，正傑覺得壓力不大，夢想就實現了。

「台北的業務怎麼辦？客戶如何應付？」我還是想到實際要解決的問題。

「許多事現在電腦視訊可以解決，必要的面對面的溝通，就上一次台北開會。」

正傑好像是樂觀的人，要過理想的生活，大目標訂了，其他都可以調整。

「現在有多長時間在池上？」我問。

「四分之三時間吧，偶爾回台北，也覺得有不同角度看台北。」

我很高興聽正傑這樣說，我自己剛好有同樣感覺，回台北看電影，看表演，或無所事事坐在捷運裡看人，都有不同感覺。困在都會裡久了會煩躁，厭恨自己的環境，離開一段時間，知道都會有都會的好，也有都會的必要。帶著對都會的「恨」逃避到鄉村，多不長久。正傑是健康的，他愛池上，

黑色騎士，左起：香港全職背包客／陳志輝、走走池上／吳彥龍、田味家／張力尤、舒食男孩／黃清譽、Bike de koffie／郝朝洋、Life.21 House老房子／沈如峰。（羅正傑攝影）

卻沒有放棄都會，小小的島嶼，過自己平衡的生活，正傑提供一種包容的想法。

中山路九十九號開了「走走池上」，是民宿嗎？不是，是咖啡廳，也不全然，正傑說：「既然做設計，就把池上應該停留的地方繪圖印出來，提供給外地人用——」「自己的書從台北運下來了，擺在書架上，也就開門給大家看——」

正傑不是開「店」，只是喜歡「分享」。他還是照常做自己的設計。

文軒的家裡有小小的田，耕耘機施展不開，就吆喝幾個「騎士」下田耘土插秧。力尤是「女騎士」，我看到照片裡的她坐在田壟上，便說：「力尤只是旁觀嗎？」其他騎士辯解說：「她有下田。」我們或許不自覺就會歧視女性吧，力尤卻不介意。

騎士裡像張俊偉是富里長大的，黃清譽和郝朝洋也跟關山有淵源，都是在縱谷度過童年、青少年，出外讀書或工作，繞了一圈，最後再回到縱谷，重新開始跟這片土地的關係。

玉蟾園與曬穀場

我觀察「黑色騎士」，也開始了解池上或縱谷年輕一代面臨的問題。

池上沒有高中，國中畢業，如果繼續升學，一定出外，像玉蟾園的賴霆駿，祖父母在海岸山脈坡腳有一塊地，種肚臍柑、樹薯。第二代在這塊地上經營了民宿，用上一代名字裡的「玉」和「蟾」命名。

池上常用上一代名字命名，像中山路上的「曬穀場」，聽起來與人名無關，但是原住民阿嬤叫「稻穗」（Banai），阿公是「廣場」（buda），漢姓潘的兩姊妹開店，就起名「曬穀場」。我喜歡他們總記得上一代，他們的桑葉茶也跟池上養蠶記憶有關。

「玉蟾園」是很美的一塊地，我喜歡早上在那裡眺望中央山脈，看白雲舒卷。或走到工作室看賴先生用老檜木製作筆，看賴太太用牛樟、桂花精油做手工皂。但是這樣大的一塊地，夫婦兩人也忙不來。二〇一五年兒子霆駿退伍了，決定回家接續家裡的工作，都會裡待了好多年，重回鄉下，一定有不適應，也一定有歡喜。看到賴霆駿聽奉阿嬤命令到田裡挖了一早上的樹薯，滿身是汗，腰也直不起來，好像一臉無奈，但看著一車自己挖出來的樹薯，又彷彿很有成就感。

我最常去吃飯的「邊界。花東」在富里，陳媽媽的「手路菜」是島嶼慢慢不容易吃到的樸實家常料理了。民宿剛好在花蓮台東交界，三層樓，沒幾間房，光靠陳媽媽一個人當然不行，大兒子陳律遠在都會學觀光休閒，在大飯店工作過，也跑到澳洲打工，很典型的島嶼今日青年的摸索模式吧，但他有老家，有母親，有父親留下的一塊不大的田，最後就回來了，跟弟弟宣帆一起把民宿接下來，自己做外場，弟弟在廚房做幫手，有自己的事業，也能陪伴母親。我去熟了，覺得不只是為了用餐，有時是去感覺一個家庭的溫暖歡樂。

律遠開始下田插秧，斯文的年輕人，一點也不像傳統農民，插秧幾天，也是腰痠背痛，有時哭喪著臉，告訴我秧苗一大片被金寶螺吃光了。我趕緊去問池上老農民，他們說有苦茶油的渣可以治金寶螺，我又趕緊告訴律遠，他說「知道」，但又說「不想補秧了」。縱谷青年創業定居的故事或許並不浪漫，每一步都有艱難瑣碎的事，每一步也都要踏實走穩。

丰宿

外地來池上開店我最早知道的是「甘盛堂」，黃重德在高雄做業務，陳武良是補教老師，都因為過勞，武良換了「肝」，重德換了「腎」，九死一生，兩人到池上休養，彷彿重生，中年經營了健康料理的「甘盛堂」。

我不喜歡重德跟我說的故事，太慘了，希望下一代不用換肝換腎才有覺悟。

池上創業的青年中，新近出現的「丰宿」是較特殊的。主人何仲騏和妻子施得心，都和池上沒有淵源。我看了他們的學歷經歷，應該是島嶼青年典型的「菁英」吧。建中、北一女、台大，畢業後兩人都進頂尖的ＩＣ產業。這樣的學、經歷，在不到四十歲的時候，為什麼辭職？為什麼選擇了池上？買了一塊地，自己動手建造民宿，仲騏重頭學習調製咖啡，拿到證照。

因為朋友到池上住在「丰宿」，我有機會認識這一對青年夫婦，帶著兩個聰慧的孩子，過幸福的生活。三間房的民宿，大部分的空間還是自己一家人過日子。主人慢條斯理調製咖啡，孩子畫畫，做功課，但不時跑過來攀住媽媽的脖子說話，磨蹭在爸爸的腿上懷裡。大兒子何丰匀九歲，小兒子何丰升六歲，看到這樣一家人親近的畫面，我沒有問，但大概感覺到他們放棄大企業高薪股票的原因吧。兩個孩子名字裡都有「丰」這個字，和他們新創業的「丰」同名。不到四十歲，「丰」，不僅僅是開民宿、賣咖啡，他們選擇了自己要的生活，他們提供給下一代豐富而健康的童年。

仲騏台大讀造船海洋工程，他曾經有過奇特的夢想吧，他親自設計打造了一個家，像一艘滿載夢想的船，現在航行在池上一望無際的綠色稻浪上。

原來可能對「菁英」兒女跑到偏鄉頗有意見的上一代，也因此常來池上了。

仲騏跟岳父說早上在窗口看到一隻鳥，發出咇咇聲音，順手用手機拍了下來。岳父喜歡攝影，看了手機照片，很感興趣，就問仲騏：「牠現在在哪裡？」

我喜歡仲騏一副無辜的表情，他跟我說：「我哪知道『牠』現在在哪裡啊！」

池上青年的故事讓我快樂，黑色騎士新近決定每個月一個星期六騎車去遊客最多的伯朗大道撿垃圾了。遊客丟的垃圾，愛池上的青年們去收拾，聽起來不正義，但也沒有什麼不好。

我還是想著那隻會發出咇咇聲音的鳥，到底現在飛去了哪裡。

巴勒摩、巴勒摩——懷念碧娜・鮑許

鏡面譁然崩碎潰落，
閃爍著前所未有的流星雨一樣的折射反光。
毀滅這麼美，絕望這麼徹底純粹。
碧娜一定冷冷笑著，
帶著她的憂傷轉身離去。

Kunz Wolfgang/Alamy

二〇〇九年六月三十日碧娜死亡的消息讓許多人吃了一驚。太突然吧，好像她還在創作的高峰，還有那麼多話要說，還有那麼多人等著看她新的作品，會心一笑，「啊！這就是碧娜，這就是世界，這就是二十世紀。」

二〇〇九年，其實二十一世紀的第一個十年都快過完了，但是，碧娜讓你恍然覺得：啊！二十世紀結束了。有些人的生命有自己的歷史刻度。碧娜不一定關心歷史，歷史卻在她身上停留。榮耀或是沮喪，高貴或是鄙賤，輝煌偉大或是卑微不足掛齒，二十世紀，過完了。像是碧娜臉上很奇特的笑容，憂傷到令人不忍。然而她總是憂傷地微笑著，彷彿她知道罹患癌症，就在四、五天裡毅然離去。像每一次看完她作品，看她與舞者一起謝幕，微笑，令人憂傷，在空空的劇院發呆，然而她走了，二十世紀結束了。

耽溺在碧娜美學世界的觀眾都有許多記憶，舞台上布滿八千朵康乃馨，「啊——」觀眾從心底叫出來，那樣的華美、尊貴、富裕、燦爛，像你經驗過的一次最可以驚嘆的春天。然後，人們走過，衣著華麗，姿態優雅，如此微笑著看著你，像是勾引，像是挑釁，像是鄙夷。文明這樣若無其事走過，轟轟烈烈，踩過腳下剛剛讓人驚嘆的花朵。八千朵花，一朵一朵被踩過，踐踏、蹂躪、霸凌，變成爛泥。

碧娜的美學交替著愛與恨，擁抱和撕打，撫慰，也同時是殘酷的傷害。舞台上的生命無路可去，自大、無知、無明、小小的狡詐、小小的沾沾自喜，在巴洛克裝飾講究的巨大鏡子裡自慰著。碧娜微笑著，冷冷看著，她當然會用一只青花瓷的明朝花瓶扔擲向鏡面。鏡面譁然崩碎潰落，閃爍著前所未有的流星雨一樣的折射反光。毀滅這麼美，絕望這麼徹底純粹。碧娜一定冷冷笑著，帶著她的憂傷轉身離去。

二十世紀初，更確切地說，是一九〇〇年，畢卡索從西班牙北上到巴黎，他似乎在宣告：我來了。

畢卡索用立體切割完成的〈阿維儂姑娘們〉（*Les Demoiselles d'Avignon*），是妓院門口許多張破碎的臉，一隻眼睛、半個鼻子、歪扭的嘴巴、殘肢、斷腿。二十世紀是被敲碎的一張巴洛克古典鏡面，畢卡索讓習慣古典優雅的二十世紀新市民用這破裂的碎片看自己。破碎的自己，殘斷的自己，再也整合不起來的自己，然而，也可能是多麼豐富而多面向的自己。

當古典只是徒具骨骸的行屍走肉，二十世紀就如此讓屍肉瓦解，戳穿屍肉的假象，讓偽假的高牆轟然倒下，讓濺洴的血肉在廢墟上衝撞出新鮮的生命氣味。所以那八千朵康乃馨是注定要一步一步從華美到頹敗，被踩踏成爛泥的吧。

表現主義美學

碧娜美學的基因是二十世紀的立體派、野獸派，是真實的撕裂，是狂野的釋放。當然，還有她血液裡根深蒂固的德意志「表現主義」荒謬與慘傷的笑容。

她的畫面裡有許多的克爾什那（Ernst Kirchner）、貝克曼（Max Beckmann），有迪克斯（Otto Dix）有諾爾德（Emil

Nolde），有葛蘿茲（George Grosz），也有少許挪威的孟克（Edvard Munch），維也納的席勒（Egon Schiele）。

他們大概都在二十世紀初的繁華裡看到廢墟，從身體的底層叫喊出痛和愛的渴望的聲音，看到美與醜荒謬的交錯組合，看得如此徹底，因此徹底虛無，徹底孤獨，也徹底荒涼。

葛蘿茲可以用人物單一形象創造出整個民族與時代的焦慮、恐慌、虛無、頹喪，他在一九二七年創作的詩人荷曼尼斯（Herrmann-Neisse）肖像，幾乎在一張人物身上凝聚了兩次世界大戰之間人的心靈荒蕪象徵。那在戰爭的毀滅過後或之前狂歡達旦的「小酒館」（cabaret），嗆鼻的菸草味，荒腔走板的薩克斯風，詩人鄙夷主流，憤世地冷嘲，他們絕望沮喪，知道戰爭來時有更荒謬的畫面要來，他們像巫師，也像先知，預告了毀滅。

德國表現主意繪畫裡的單一人物有強大的精神能量，也正是碧娜在舞台上重塑時代的聚焦方式。「巴勒摩、巴勒摩」裡穿高跟鞋的男子，淡淡的微笑，塗著指甲油，若無其事。在舞台一角，冷冷看著觀眾，他裝扮自己，頭上用香菸串成花冠光環，他凝視、微笑，活在自戀的世界裡。他拿著中場休息告示牌，在舞台邊緣優雅踱步，他沒有「舞蹈」，但是劇力萬鈞。碧娜劇場裡許多上了年紀的「舞者」，可以靜止在舞台上，卻凝聚出比任何高難度動作更印象深刻的視覺焦點。那一張張彷彿經歷許多事件的臉，那記錄著歷史不再年輕的身體，都強大到像葛蘿茲畫裡單一人物的力量，像迪克斯畫裡叼著香菸的女子，冷冷看著人間。他們不是一個人的肖像，而是時代的肖像，像讖緯魔咒，預告著毀滅、崩塌，預告著繁華下一瞬間即將成為廢墟。

電影裡的碧娜・鮑許

許多人記得有兩位知名的電影導演都在影片裡用過碧娜・鮑許，一位是費里尼，一位是阿莫多瓦。

費里尼在一九八三年拍攝《揚帆》（*And the Ship Sails On*），故事是一位歌劇演員死了，貴賓送葬。一艘豪華郵輪，從拿坡里港出發。航行途中，船上的過氣知名歌劇演員互別苗頭。船上也滿載沒落的貴族，各自有他們的回憶與滄桑。碧娜扮演一名眼盲的普魯士女公爵，瘦削單薄的身體，空洞的眼神，她行走於繁華之中，卻看不見繁華。

費里尼是像巫師、也像先知的藝術家，他如此敏銳，讓碧娜在那一艘豪華的郵輪上以一個盲眼的沒落貴族出現。碧娜出場不多，但是她的臉、她的五官、她望向虛空的眼睛、她如風一般鬼影搖動的薄薄的身體，都如此令人難以忘記。碧娜本身是一個強大的時代符號，和德國表現主義繪畫裡的人物一樣，可以凝聚歷史，凝聚繁華，也凝聚毀滅。

好的創作者，有能力一眼看到人的本質吧，像碧娜發現劇團裡幾個上年紀演員身體的張力，讓他們靜止在舞台上，成為一幅無法消逝的畫面。同樣的，費里尼也可以一眼看到碧娜身上強大的美學張力，而且，讓她目盲，讓她的行走時不依賴視覺，還原成純粹身體觸覺的本能。

碧娜身體的符號第二次被用在影片中是在二〇〇二年阿莫多瓦的《悄悄告訴她》。這部影片台灣知道的人比較多，也是阿莫多瓦轉變風格的重要作品，從早期《慾望法則》暴烈毀滅的愛，開始慢慢轉向人性在絕望中透露的深長溫暖。

阿莫多瓦直接採用碧娜早期一九七八年《慕勒咖啡館》的一段做他影片的開頭，在幽暗的空間裡，穿著長袍的碧娜直挺雙手，向前向後，向左向右，她讓我想到原來舞作裡那個在空蕩蕩的咖啡館裡走不出去的鬼魂，不斷撞到桌子椅子。而在影片中，碧娜彷彿用身體跟一堵牆對話，一堵高高的牆，一堵看不見的牆，一堵不會撞倒的牢固的牆。

牆是二十世紀美學思潮上重要的象徵吧，使人想到沙特著名的小說《牆》，想到那個在高牆前即將行刑前的身體與牆的對話。沙特在《無路可通》的戲劇裡也在講被牆隔斷的空間，吃飯、睡覺、行走、坐臥，一切如常，卻是看不見的牆框架的「死亡」的空間。

碧娜就在那樣的空間裡行走，用身體穿過二十世紀，從費里尼的揚帆出走，一直到阿莫多瓦試圖在二十一世紀最初的曙光裡，仍然努力要用身體衝撞那一堵高牆，無路可通，但是還想試試，看絕望中有沒有最後一點點鬆動的可能。

高牆倒下

三月五日台北的觀眾在國家戲劇院凝神屏息，等待開幕後舞台上一堵高牆，等待片刻，或一世紀那麼漫長，轟然一

Ullstein Bild/Getty Images

碧娜・鮑許詮釋經典舞作《慕勒咖啡館》

聲，七公噸的高牆崩垮潰散，硝煙四起，舞者開始在磚瓦殘斷的廢墟間行走舞蹈。

《巴勒摩、巴勒摩》是碧娜一九八九年的作品，首演推出後十四天，柏林圍牆倒下。許多人從碧娜這支舞聯想到政治的隱喻，創作彷彿預言，但是，創作的預言或許並不一個蘿蔔一個坑。真正的預言像符咒，世俗平庸從來沒有理解符咒的能力。知道那一堵高牆要轟然崩塌，二十多年後，在台北等待這一剎那，還是十分驚悚。好像倒下的不是某一堵牆，而是文明裡許許多多糾結瓜葛解不開的癥結。高牆倒下，遍地瓦礫，寸步難行，然而，人類在廢墟裡重新學習行走。那樣的行走，步履維艱，然而每一步都重新摸索，因此加倍珍貴。

那便是創造的意義嗎？創造原來是與毀滅息息相關，不關心毀滅，也絕無創造可言吧。

抱著古典冷透無體溫的屍骸，洋洋得意，在酸臭腐朽的醬缸中，重複又重複，臨摹又臨摹，正是古典最無知的敗家子吧。無明無知，就使一個文明樹起一道一道牢固又封閉的高牆，把自己囚禁起來，在狹小的空間裡自鳴得意。

所以，多少人等待著那一刻。高牆倒下，像魯迅著名的散文〈雷峰塔終於倒了〉。那堵高牆的確不是柏林圍牆，碧娜關心的一定比政治的高牆更寬廣更遠，人類有政治的高牆，有宗教的高牆，有民族的高牆，更多的牆在自己身體裡，倫理的高牆，道德的高牆，習慣的高牆，自以為是的牆，像布紐爾《自由的幻影》電影裡的隱喻，人類其實並沒有「真正的自由」。自由的時刻，可能是我們意識到有牆擋住的時刻吧，從來沒有感覺到自己外圍有牆，也絕無法知道什麼是真正的自由。

我們活在一堵一堵高牆間，能看到一堵倒下，有自由的快慰，但是還有高牆在前面。我們終極的夢想是讓自己精神上的高牆一一倒下，然而，要多麼大的誠實與勇敢。

卡夫卡曾經用中國歷史上的「長城」創作他饒富寓意的小說《大牆》（*The Great Wall*），也許讓漢文字的讀者忽然省悟：長城是一堵牆，是數千公里的牆，是數千年的牆，恐懼、防衛、界分、抵抗、對立，在大地上用無數心力修築的一道「偉大的牆」，「牆」竟然是一個文明這麼深的象徵。

我也忽然想到，在北美看到許多華人修築的牆，買了地，買了房子，第一件事就是修牆，用牆把自己圍起來，證明自己的勢力範圍，也囚禁了自己。

那一堵偉大的牆曾經在蒙古帝國時代被顛覆了，許多談論東西交通史的學者都喜歡那個時代，貨物、技術、觀念都可以穿越高牆彼此溝通。但我也喜歡卡爾維諾《看不見的城市》裡描述的那個蒙古帝國居住在北京皇城中可汗，聆聽一個旅行者述說一個一個的城市，旅行者去過的城市，他描述每一個城市不同的色彩、氣味、女子的美麗，寶座上的大汗悵然了，那些屬於他帝國名下的城市，他都看不見，他的帝國只是一張地圖。

「巴勒摩」，一個西西里島地圖上的城市，碧娜編作成她的「城市系列」。我看過碧娜「城市系列」的作品，都似乎與那個城市無關。好像她關心的是那個看不見的城市，那個在人性底層建構盤據的城市。

舞台上一個女子不斷抓起幾根義大利麵，氣急敗壞吼叫：「這是我的——」義大利麵掉在地上。她又抓起幾根，更氣急敗壞吼叫：「這也是我的——」看到人性底層的占有、慾望，其實可笑，也十分淒涼。我們知道碧娜講的不是「巴勒摩」，不是「義大利麵」，我們可能抓著任何東西氣急敗壞吼叫：「這是我的——」「這也是我的——」

占有，再占有，日復一日，從義大利麵到房子、車子，從錢財、權力、愛人，到榮譽、驕傲，我們最終能夠「有」什麼。

碧娜用義大利麵說著很像莊子說過的故事，把腐爛發臭的鼠屍緊緊抱在懷裡，可以一樣氣急敗壞吼叫說：「這是我的——」

碧娜義大利麵的符號延續著，另外一場戲裡，一個中年男子，不斷用硬質的義大利麵戳自己的胸膛，一次又一次，如此自戕著，一語不發，好像恨極了這個身體，一切的痛，不過是因為有這個身體。

碧娜的舞蹈被稱為「劇場」，因為她用了太多可能不被「舞蹈」規範的元素，像靜止的畫面，像聲音，像語言，然而，似乎她的創作也不完全被「劇場」規範，她有太多遠遠溢出「劇場」的元素，還原到最本質的生活，還原到人性，使人深思。相信三月初在台北國家劇院看到高牆倒下的觀眾，也都看到了碧娜微笑而令人憂傷的眼神。

縱谷之歌——

寫給巴奈、那布

妳說　這是內本鹿十三年
但回家的路還是如此遙遠
歷史如果讓你痛苦　欲哭無淚
我還是耐心等候　聽你唱自己部落的歌
像今日雨停之後　升向天空一朵一朵的白雲

下雨了
春天的縱谷　總是無預警　下起雨來
檳榔樹站在雨中　像一排一排整齊的隊伍
還有山坡上　一個接一個壘壘的墳塚
還有水田裡　剛剛插好一列一列的秧苗
我的車窗玻璃上有一滴一滴滑下的雨珠
鷺鷥依次飛起降落
明亮潔淨的白
像陸續落下的雪片
但是　這裡是不會下雪的南方
所以　縱谷的記憶像長長的鐵軌
不斷在身後消逝
從部落失去的山林獵場
到關山光緒年間的天后宮
從百年的老茄苳樹
到日本修建的玉里神社
從客家移民院落醃製的老菜脯
到河南老兵喃喃自語的鄉音
我在薯榔染色的苧麻布前細看手工織紋
來來往往　縱橫交錯
像是古老故事脈絡的經緯
線索依然清晰

卻因陽光久曬　已經褪色
早已失去可以解讀的語法
如果你願意相信
你失去的母親的語言
都將是我此後反覆吟唱的詩歌
你是否在意　最深的心事　總是不可解讀
在許多異族來了又去交替的斷層下
還有縱谷的風聲一路尾隨而來
聽不出是愛或是恨
單純只是一首古老的、沒有文字的歌謠吧
妳說　這是內本鹿十三年
但回家的路還是如此遙遠
歷史如果讓你痛苦　欲哭無淚
我還是耐心等候　聽你唱自己部落的歌
像今日雨停之後　升向天空一朵一朵的白雲

注：「內本鹿」部落，日治時期被遷村，失去獵場。
那布、巴奈發起族人回家尋根運動，迄今十三年。

池上日記——雲域

少了非真非假的慨歎詠唱，
歷史只剩下人的粗鄙的聒噪喧譁，
逐漸不安靜了。
聒噪喧譁，不會看懂雲和星空的無限永恆，
也不會懂神話的美麗。

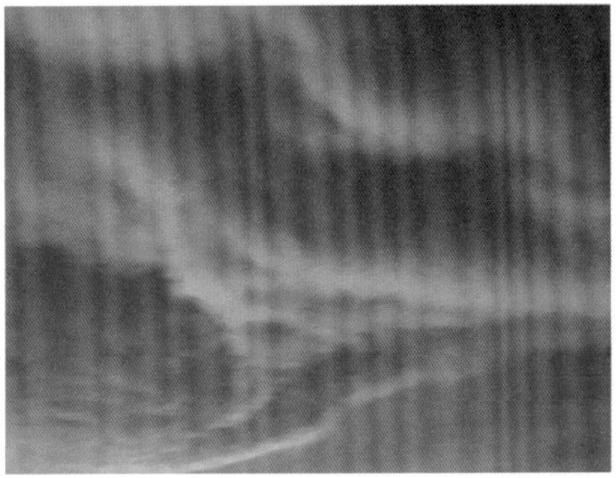

雲

從池上到俄羅斯，彷彿是走了一段很遙遠的路程。

離開池上的時候是五月下旬，翠綠乾淨的稻田上總是停著長長一條雲，若有事，若無事。

池上的雲千變萬化，有時候是藍天上一綹一綹向上輕颺升起的雲，像溫柔的絲絮，像扯開來薄薄的棉花，雲淡風輕，讓人從心裡愉悅起來。有時候整片雲狂飆起來，像驚濤駭浪，洶湧澎拜，彷彿可以聽到怒吼嘯叫的聲音，使人肅靜。

有時候是雲從山巒上向下傾瀉，形成壯觀的的雲瀑，從太平洋海面翻山越嶺而來，霎時間縱谷也被雲的浪濤淹沒。

這一路飛行，窗口看到的也都是雲，半夢半醒間，池上彷彿就在雲的後面，一路都是池上各種雲的記憶。

地球被分成了許多國家、區域。國家與國家有不可逾越的界線，界線上設置各種武器防衛。像南北韓之間的北緯三十八度線，在原來同一個國家之間，也是你死我活的界線。

「領空」、「領海」、「領域」——人類不斷占有擴張的慾望如此強烈，要在海洋、天空、土地上貼上國家或政治的標籤。

從飛行的高空看下去，不容易看出國家與國家的界線，看不到防衛的界線。層雲的後面，常常是山脈起伏，河流蜿蜒，平原遼闊，縱谷叢林交錯，一望無際的海洋環抱著小小島嶼，而所謂城市，往往只是暗夜飛行裡一片點滴閃爍的燈光。

層雲的後面，我不太能分辨國家的領域，也許是越南或柬埔寨，也許是泰國或緬甸，也許是巴基斯坦或印度，也許是科威特或伊朗，也許是亞美尼亞、喬治亞或土耳其——我甚至不太確定，是西亞還是東部歐洲。因為高度，許多人為的界線都模糊不清，海洋迴盪，山脈起伏，河流潺潺流淌，平原無邊無際，天地自然有他們不被人界定的規則，一條一條大河潺潺湲湲流去，不因為國家的界線停止或轉向。

候鳥隨季節遷徙，牠們飛翔過的空間，大概也與國家無關。他們記憶的是某個山巒湖泊，某個海灣岬角，某個提供他們長途飛行疲倦後可以歇息的小小島嶼吧——

我記憶著池上不同季節各式各樣的雲，池上油菜花開時到處飛舞的白色小蛺蝶，夏日深藏在荷花蕊中蠕動鑽營的蜜蜂，布袋蓮粉紫淺黃，蒜香藤搭在牆頭的紫紅，豔到令人眼睛一亮。

我記憶著茄苳結了一樹褐色果實，和苦楝樹青黃如橄欖的苦苓子不同，我記憶著秋天四處飛揚銀白的芒花，入冬後走在大坡池邊，沿路落了一地水黃皮紫紅的花蕾，五色鳥和水鴨在冬天的池邊棲息，蓮葉枯了，蓮蓬裂開，蓮子掉入水泥中在春天發芽。

天空、湖泊、山巒，都是這些小小生命生長來去的地方，偶然看到白鷺鷥為了搶食，也驅趕其他同類，爭吵，占領地盤，建立界線，彷彿也有三十八度線的爭執。我隨雲走去四方，池上的雲，或輕颺，或驚駭，或愉悅，或沉重，有緣走過，也彷彿只是我嚮往出走的一次功課吧。

雲或許沒有領域，池上的雲散了，會去了哪裡？島嶼的雲散了，會去哪裡？如同這一路遇到的雲，阿富汗的雲、伊拉克的雲、俄羅斯的雲，它們都聚散匆匆，聚在何處？去了哪裡？

聖艾克修伯里

《小王子》的作者常常描述他「夜航」的記憶。他是飛行員，負責歐洲到非洲之間的運輸，因為要避開戰爭，常在夜晚飛行。寂寞的飛行途中，一兩個遙遠的燈光，讓他知道：沙漠或曠野，有人在生活。

《小王子》講述的是星球與星球間的對話，大象、蛇、玫瑰、狐狸、飛行員，都是自然中的生物，相愛或者相恨，也是自然的相生與相剋，與國家的偏見無關。如同池上的蝴蝶和蜜蜂，蒜香藤和布袋蓮，茄苳子和苦苓子，雲的輕颺或傾洩，只是因為那一天的風或溫度，與人的愛恨也無牽扯。

春夏秋冬，池上的季節更替，有生有死，生死看慣，愛恨的糾纏就會少一點吧。生死像是從高一點的地方看愛恨，界線比較不明顯，也無明顯你死我活的相愛或殘殺了。

因為常常在高空飛行吧，飛到那麼高，看不見人為的界線，聖艾克修伯里因此很少談國家。二戰期間，國家與國家戰爭，你死我活，每一天都有國與國的拚殺，每一天都有被轟炸的城市，像畢卡索的畫《格爾尼卡》——斷掉的手臂、張大哭嚎的嘴、死去的嬰兒、破裂的燈、嘶叫的馬、世界顛倒、鬼哭神嚎——

然而聖艾克修伯里看不見法國，也看不見德國。從高空看，法國不必然是祖國，德國不必然是敵國。沒有國與國的界線，孤獨者飛行在夜晚的高空，如此寧靜，他看到的是一片沒有國界的星空，若遠若近，寂寞而又環抱著他的溫暖的星空。

慘烈的戰爭快要結束了，夜航的飛行員沒有回來，不知他飛去了哪裡。紀錄上是飛機失蹤了，我總覺得是聖艾克修伯里不想回來。不想回到有界限的人間，不想回到界線與界線不可逾越的人間，不想回到界線兩端彼此憎恨廝殺的人間。他孤獨夜航在無邊無際的星空，他一直飛行，去了沒有國界的神話的領域。

有時候在池上仰望星空，覺得那一點移動的光是他，是夜航者在星空的書寫。

夜晚的池上，春末夏初，金星總是最早閃爍，黃昏就出現了，古代東方稱為「太白」，也叫「長庚」，在古代希臘，她是維納斯，愛與美的星宿。

二〇一五年，金星旁邊有一顆愈來愈靠近的星，「祂要跟木星合體了——」躺在田埂上的觀星者說。說完他呼呼大睡，彷彿神話自有愛恨，也與他無關。

池上其實很像一則神話，沒有短淺愛恨的邏輯，沒有預期，也沒有失望，走在田埂間，春耕秋收，看大坡池的荷花生，荷花枯，想起李義山的「荷葉生時春恨生，荷葉枯時秋恨成」，詩人悵恨，多只是時間的憾恨，「恨」是心裡艮著時間生死的無奈惆悵。日日夜夜，看星空和雲的流轉，星空是書寫，荷花、苦苓子、蝴蝶、雲和稻田，也都是書寫，無關乎愛恨。

池上的日記寫了很多稻田，或許應該有一大段是雲的日記，或是星空的日記，但我笨拙，不知道如何書寫。

颱風前夜，縱谷颳起焚風，快要收割了，農民憂心，這樣酷烈的焚風，吹久了，會讓稻穀焦死。還好不多久停了，天空出現紫灰血紅的火燒雲，華麗燦爛如死亡的詩句，我看呆了，農民自去福德祠前合十謝土地神。

池上有神話的星空，也有神話的雲，古希臘為星空命名的時候，歷史還沒有開始，特洛伊的英雄，看過屠城前的火燒雲，像荷馬盲人的眼瞳裡閃過的驚惶。特洛伊的史詩與其說是歷史，不如說是神話，特洛伊的英雄也多半還是神話的後裔，像阿基里斯，母親提著他的腳浸入不死之河，他就有了不死的身軀，只有足踝上留著致命的痕跡。

歷史慢慢不好看了，少了神話星空和雲的飄渺、虛無、空闊，少了非真非假的慨歎詠唱，歷史只剩下人的粗鄙的聒噪喧譁，逐漸不安靜了。聒噪喧譁，不會看懂雲和星空的無限永恆，也不會懂神話的美麗。

沃羅涅日

好多的雲散布在俄羅斯的天空，雲的後面看見了廣大平原，看見了叢林、河流、山巒，然後才是人聚居的城市。

荷花生，荷花枯，只不過是時間的書寫，無關愛恨。

我到了沃羅涅日（Voronezh），停留數天，然後轉莫斯科。

在沃羅涅日發生一點意外，改乘火車到莫斯科，火車夜行，大約開了十六個小時。

夜晚上的車，很舒適的臥鋪，列車服務人員送來晚餐，一種牛肉和馬鈴薯熬的濃湯，大概還有甜菜根，紅紅的，攪在飯裡，或用麵包沾著吃都好。

我喜歡夜晚的火車，要土地夠大，才有機會坐長途的夜車。在小小密閉的車廂裡躺著，感覺天長地久。像回到嬰兒時的搖籃裡，搖晃的節奏韻律，汽笛若有若無的聲音，關起門來，外面多少事都與你無關的寂寞，都這麼好，可以再一次經驗許久以前在母親子宮裡身體無所事事的記憶。

我在克孜爾到烏魯木齊到敦煌有過一次這樣的記憶，很大的土地，有時拉開窗簾，偷窺一下外面月光下白雪皚皚連綿不斷的山，原來唐詩說的「皓月冷千山」是真的。那個偶然走過的孤獨者，看到月光、看到山、看到雪，看到跟自己的孤獨一樣的空白，他想說：好冷，卻隨意說到了白白的月光和山上連綿不斷的雪。一千年過去，月光和冰雪覆蓋的山都沒有改變，心裡覺得的冷和空白，也還是一樣。

沃羅涅日我是不熟的，第一次來。

想到俄羅斯許多小說裡的城鎮，出發時就帶了一本《死屋手記》（*The House of the Dead*）。杜斯妥也夫斯基是我青年時最耽溺過的作家。說「耽溺」是因為常常放不下手吧，《罪與罰》、《卡拉馬助夫兄弟們》、《窮人》、《賭徒》、《被侮辱與被損害的人》——每一本我都放不下，大概構成了文青時代最基本的生命信仰吧。「信仰」？還是「耽溺」？也不十分清楚，那個在遙遠地方的杜斯妥也夫斯基，彷彿成長的記憶裡都是他的影子。

我去了幾次俄羅斯，去了很偏僻的小鎮，經過無邊無際的廣袤大地。人看起來好小，天地廣闊，人就這樣渺小。天遼地闊，生命自覺卑微，也就謙遜起來了嗎？看到革命後的教堂，教堂上的十字架革命時換成鐮刀斧頭，革命後又換了回來。

十字架曾經是刑具，上面釘著受難著的屍體，當然，很少人想到，革命時鐮刀鋤頭也可以行刑，砍掉或打爛許多異議者的頭顱。

我在氤氳著濃烈焚香氣味的東正教教堂徘徊，陰暗寒冷，婦人們在地上匍匐，親吻土地、親吻教士的腳、親吻殉道聖

沃羅涅日教堂。

人的骨骸罐。聖人據說是被異教者拔舌剝皮淩虐致死。教派鬥爭之後，這土地革命了，同樣淩虐著新的不同信仰的人。我讀著革命前的書寫，托爾斯泰、屠格涅夫、果格里、普希金、契可夫，想像著安娜卡列尼娜、羅亭的時代。他們在革命前的苦悶夢想，然而他們多是貴族，知識分子，他們太白皙優雅了。

一直看到《被侮辱與被損害的人》，我才彷彿看到了真正的俄羅斯吧，那些蜷縮在城市酒店一角抖瑟衣不蔽體的老人，呆滯地看著貴族將軍官僚，一語不發，彷彿想乞求一點食物，然而不敢靠近，終究無言。將軍看他一眼，也沒有輕蔑，也沒有憐憫，老人忽然就倒在地上死了。連真正的壓迫也看不見，損害和侮辱，彷彿深入在一個階層的骨髓裡，那老人被看一看就倒地死了。

我一直記得杜斯妥也夫斯基的畫面，青年時耽溺的，隔了三十年，強大的蘇聯神話一般解體了，蘇維埃，那個應該就是「被侮辱與被損害的人」建立的政權，失去魅力，像老人一樣倒地死去，慢慢變成被遺忘的詞彙。

蘇維埃消失了，我來俄羅斯看什麼？如此茫然，只是重讀著青年時耽溺的書寫，看著革命後的社會，只有那看來愚癡婦人卑屈如蟲豸的匍匐和親吻讓我記憶起「被侮辱與被損害的人」。

像一種隨時準備被踐踏的爬蟲，她的匍匐和親吻，都如此貼近土地，高爾基的小說裡寫到他的祖母、母親受男人鞭撻，好像也是這樣匍匐在地上，親吻男人的腳，甚至不祈求饒恕。

沃羅涅日，我為什麼走來這裡？為什麼在這裡讀《死屋手記》？為什麼在這裡想到剛剛離開不久五月池上的的稻浪和天空的雲？

在沃羅涅日發生一點意外，我上了救護車，陪伴朋友到夜間醫院。

小鎮的醫院，夜晚值班的醫生，白白胖胖卻對一切都似乎厭煩的臉、沉重的眼袋、合不攏的嘴，呆滯地看著自己圓圓短短的手指，好像手指上有他全部人生的寄託。小鎮夜間值班醫生機械地聽取病情、量血壓、心跳，讓病人躺在手術台上，敲膝蓋，翻眼皮。

「昏倒了？」他說。

病人要做進一步檢查，已經是凌晨兩點，看護被叫醒，像失了魂魄，推著輪椅走過好長好長的走廊，好幾個燈都是壞的，像缺了牙笑著的喉嚨，我想：或許是《死屋手記》裡的手牽著我回來這裡吧？

我來過這裡嗎？很年輕的時候，喝著伏特加，在風中的廣場朗讀馬雅可夫斯基（Vladimir Mayakovsky）的詩〈褲管裡的雲〉，或凝視葉瑟寧（Sergei Yesenin）在革命後自殺的遺照，他年輕的死亡也如此像一朵空中決定要散去的雲。

離開池上的時候，記得暮春的白雲，低低的，在稻浪的上方，總是拖得很長，從海岸山脈的北端，一直向南，拖到卑南溪出海口的地方。

拉開窗簾，沃羅涅日夜晚的雲也是如此。今日的俄羅斯星空卻沒有池上閃爍。

醫生說：要到莫斯科做進一步檢查，因此安排了第二天乘坐夜車。

我想：十六個小時，除了睡覺，可以再看一次《死屋手記》吧。

死屋手記

火車搖晃的節奏催人入睡，睡夢裡那穿過的大地似乎都還有「死屋」裡的魂魄。

杜斯妥也夫斯基是被判流放西伯利亞的政治犯，他大概曾經浪漫地相信過一種無政府的理論，讓人活得更像人，讓「被侮辱」與「被損害」的生命不會受驚嚇就倒地死去吧。他的罪名是組織了這樣的讀書會，他的故事讓我想到上個世紀陳映真的故事，然而陳映真也是我們的島嶼遺忘的名字了。政黨如何輪替，陳映真的名字都不會被提起，他在上一世紀的書寫《我的弟弟康雄》、《將軍族》、《山路》沒有人閱讀了，他的服刑也像一頁虛無可笑的神話，神話說著說著就會離題，神話中的「侮辱」和「損害」也只是英雄自己的悲劇，彷彿與現實無關。

這是陳映真和杜斯妥也夫斯基的悲劇嗎？

夜車隆隆，受傷的朋友沉睡打鼾，我放心了，又回到《死屋手記》。

書寫者流放期間認識了形形色色的罪犯：殺妻的、虐殺兒

池上的雲散了，會去哪裡？島嶼的雲散了，又會去哪裡？

莫斯科美術館藏《杜斯妥也夫斯基像》。

童的、糊里糊塗交換身分證就成為死因的，犯罪和荒謬糾纏，律法從沒有過真正「被侮辱者」與「被損害者」的聲音。他們被判流刑、服苦役，有的每日大聲念誦福音書，服刑是對生命贖罪，與正義無關。有的被鞭打凌虐時一聲不吭。他們是來修行的，比判他們罪的律師法官陪審團更有修行的緣分，杜思妥也夫斯基細細書寫人類的罪和贖罪——書寫者不像是在書寫，文學顯得卑劣，如果文學只是窺探人性，藉以沾沾自喜，書寫意義何在？

「死屋」的書寫更像贖罪的書，像婦人匍匐在地上，一切都比自己的存在高，他不斷問自己：可以再低卑一點嗎？俯伏在地上，親吻一切可親吻的，土地、塵埃、教士的腳、聖人骸骨罐，彷彿只剩了親吻可以救贖自己，那是我青年時迷戀耽溺的杜斯妥也夫斯基嗎？

流放、苦役、酷刑、凌虐與無時無刻不在的屈辱，死亡這麼近，就在下一秒鐘，而那時，若還有信仰，會是什麼樣的信仰？

是不是因為苦難，人們才懂得彼此依靠？

我們以為自己有愛的渴望，我們常常忘了，我們也有恨的渴望。

在災難裡彼此靠近，在受苦時彼此撫慰鼓勵，在寒冷時彼此依偎取暖，像「死屋」裡的流刑犯，在死亡前彼此的依賴，足踝摩擦受傷，為腳銬裹上襯布，偷藏一點食物，留給鞭打後監禁的受刑者——「死屋」裡可以看到各式各樣的「愛」，大多是處境不是最差的刑徒對酷刑受虐者的愛。

「死屋」裡也有形形色色的「恨」，作者無以名之，是他看到最幸災樂禍的舉報告發，看到別人被打碎踝骨慘叫的快樂，聽到他人受鞭刑時求饒的莫名快樂。

一次流放、一次死刑、一次赦免，走在漫漫長途坎坷崎嶇的路上，書寫者觀看凝視人的種種表情與行為，他想到的絕不只是文學吧？他的書寫像鉅細靡遺的病歷，愛的或恨的病歷。沒有救贖，沒有結局，人在稱為愛或恨的遐想中陶醉，終究是絕望的，救贖是空想，信仰也是空想。

《死屋手記》的最後，書寫者刑期結束，他很仔細描寫長年戴在腳踝上的鐵的鐐銬，如何被鐵匠細心打開，沉重的鐵圈鬆開，從足踝上掉落，連聲響也沒有。

我為何會在沃羅涅日重讀《死屋手記》？為何在一班長途的夜車上想像自己浮在池上的雲端，沒有目的，不知道要去哪裡？

到了莫斯科，在國家美術館看到魯布列夫（Andrei Rublev）畫的《三位一體》，東正教的聖父、聖子、聖靈坐在一起，無所事事，大病初癒。我的朋友說：祂們好像在喝下午茶。

我看過塔可夫斯基拍攝的魯布列夫傳記電影，宗教屠殺、族群屠殺、階級屠殺，難以想像的慘酷的時代。然而，俄羅斯最偉大的畫家魯布列夫，躲在教堂裡，畫著無所事事的下午茶的寧謐祥和。

文明的美，只是在慘絕人寰的時刻，還相信喝一次下午茶

魯布列夫《三位一體》。

的寧謐幸福嗎？

美術館裡也有杜斯妥也夫斯基的畫像，我用手機拍下來，效果不好，但或許他也不會在意吧。

我喜歡關於杜斯妥也夫斯基的一個故事。他寫小說很快，有人以為他是天才。他長期沉迷賭博，《賭徒》一書幾乎是自傳。他豪賭輸錢，欠了賭債，只好跟出版社簽約，預支稿費還債，限期交稿，他就沒日沒夜地寫，怕睏倦睡著，就站著在桌邊寫。

這不像是鼓勵文青寫作的好例子，文學系學院裡很難相信這樣的書寫方式。但我相信迷人的書寫者確實如此，杜斯妥也夫斯基或許寧願是一名賭徒，「在生命的賭桌上，我一定輸完了才走。」青年時寫過一句詩給他，我還是相信：賭桌上，他總是孤注一擲，總是輸。輸了再想辦法還，辦法之一是寫小說賺稿費，拿到稿費，他還是去賭。沒有賭，沒有孤注一擲，沒有他的文學。

我在廣大的俄羅斯看天空的雲舒卷，想念起大坡池天空山頭的雲，時時來水面徘徊，看自己水中的倒影。

流浪歸來——寫給流浪者

旺霖、欣澤、榆鈞、耿禎

那時，老年的我，
看著你們歸來，滿足喜悅，
彷彿也隨你們走去了天涯海角，
在天涯海角想念起故鄉，
便又不約而同回到了島嶼，在池上相聚。

你們流浪歸來了嗎？
從西藏、從印度、從土耳其、從陝北
帶著轉山的信徒三步一跪的虔敬謙卑
帶著古老天竺悠揚纏繞如長河的西塔琴聲
帶著向波蘭詩人辛波絲卡致敬的新歌
帶著你在酷寒荒涼黃土高原窯洞口看到的紅色窗花

二十歲，可以流浪去很遠很遠的地方
二十歲，在恆河的源頭哭泣自己瀕臨死亡的恐懼
二十歲，看盤旋的兀鷹等待著把死者的靈魂帶上天空
二十歲，可以走到很遠
遠到突然想念起新生女兒睡夢中的笑容
二十歲，你也曾經害怕嗎？
在阿公彌留的窗口，看見肉身飛起如一片剪紙

別人叫你旺霖、欣澤
別人叫你榆鈞、耿禎
你笑一笑，想起流浪途中遺失的手機，透過雲端繼續傳來
它移動的每一個位址
所以，知道自己回來了
從遠方的流浪回來
從二十歲率性的孤獨回來
回到這小小的島嶼，書寫、彈琴，或擊鼓高歌
在公館大學附近的小酒吧唱自己的歌

剪出一千零一張美麗的圖畫，
像《天方夜譚》宮殿裡的美麗女子
每一個故事都在黎明曙光乍現時突然結束
有時誤喝含酒精的飲料，趴在吧台上沉沉睡去
有時在監獄聆聽一名囚犯溫柔善良的故事

五月二十七日在富里，在「邊界。花東」
算不算流浪歸來我為你們準備的盛筵
有縱谷清晨初日般清新的桂竹筍
有六十石山初夏新開的金針花
在龍仔尾農民的老古厝
第一期稻作即將收割
你們在池上國中為少年講述流浪的故事
你們遠行歸來的歌讓海端部落的孩子落淚

所以，會有一本旺霖的新書在島嶼上被閱讀
會有欣澤葛瑪蘭流浪到花蓮一路乞食的新歌
會有榆鈞彈著吉他說一代一代的夢想與希望
會有耿禎的剪紙，如同島嶼一季一季不斷的新花綻放
那時，老年的我，看著你們歸來，滿足喜悅
彷彿也隨你們走去了天涯海角
在天涯海角想念起故鄉
便又不約而同回到了島嶼，在池上相聚
在初夏的星空下喝酒

在空的酒瓶中放進各自書寫的心事
酒瓶埋進土中
相約五年後再來，看心事是否已經發芽

序

二〇〇四年林懷民以所得行政院文化獎獎金，成立「流浪者計畫」，資助青年創作者以簡樸方式流浪，在孤獨行旅中思考自己，認識世界。流浪者計畫已滿十周年，許多青年創作者流浪歸來，在各個領域完成自己的夢想，走向學校，走向鄉鎮，走向監獄，和大眾分享流浪經驗。二〇一五年五月下旬，四位流浪者謝旺霖、吳欣澤、王榆鈞、吳耿禎應邀池上駐村，在龍仔尾一號農民古厝排練合作，於五月二十七日下午在池上國中為學生演出，分享他們的文學書寫、流浪敘事，他們的歌聲與裝置美術。十年間，從二十歲的流浪者，茁壯成各個領域傑出的創作者，他們的夢想，他們出走壯遊的勇氣與豪情都使下一代少年深深有所領悟吧。在池上與四位流浪者相處數日，懷念他們的認真，懷念他們對土地的愛，對生命的誠摯，聽他們娓娓道來流浪的故事，因此賦詩紀念。

謝旺霖

第一屆流浪者，二〇〇四年十月，從雲南單騎到西藏拉薩，學習孤獨與貧窮，並以文字和影像記錄當地人的信仰及生活。因為流浪，開始邁出文字創作的生涯。著有《轉山》。目前為專職文字工作者，近年仍四處飄泊，主要足跡在淡水和印度恆河流域，正著手書寫獨自徒步，從恆河出海口上溯到喜瑪拉雅山脈上尋找河流源頭的故事。

吳欣澤

第一屆流浪者，二〇〇五年一月，到印度瓦拉納西，學習世界音樂歌謠的融合與再造，及古印度西塔琴的演奏。目前為專職西塔琴吟遊歌者，為西尢之島融合樂團總監，專注世界音樂融合創作與推行，近年演出足跡，遍布全台三分之二鄉鎮（含外島）。

王榆鈞

第七屆流浪者。二〇一一年冬，赴土耳其伊斯坦堡，學習烏德琴，亦走訪認識當地歌謠。目前為音樂創作者，歌者，持續在詩歌、戲劇、表演藝術的領域探索。其背着吉他吟唱的身影，偶現於城市巷弄的小酒吧，各詩歌節與文藝活動。二〇一四年，王榆鈞與「時間樂隊」推出演唱專輯《頹圮花園》，秋季在國藝會海外藝遊專案資助下，前往巴黎，拜訪敘利亞詩人Adonis，開啟新的詩歌創作計畫，期盼能將自己的歌聲融入微風之中。

吳耿禎

第二屆流浪者，二〇〇六年，前往陝北，探訪黃土高原民間藝術，學習剪紙文化。目前專職藝術創作，主要以剪紙為媒材，不斷為剪紙藝術拓殖新領域、再造新生命，也從事劇場舞台設計。近年，屢獲國際藝術中心駐村計畫邀請，在巴黎、紐約駐村，並於多國城市舉辦展覽，作品曾獲LV藝術徵件首獎，Hermès典藏，台新藝術獎大展等。下一步計畫將赴南美，探訪當地民間藝術。

無所從來，亦無所去——董乃仁／Nick Dong／董承濂與《悟場》

在那一時刻，
時間在變化，空間在變化，
自己的生命也在變化。
沉思、冥想與回憶，或許都只是假設，
因為謙卑，才可能領悟一點真實吧。

左：《空間》右：《太初》

董乃仁是東海美術系第十屆的學生，也是我最後指導創作的學生之一。我們在學校叫他小名阿內，或是Nick，畢業以後他改名為承濂，去美國奧勒岡大學專攻金屬工藝。近幾年在舊金山成立Studio Dong藝術工作室，經常在歐美有各種類型的展出，二〇一二年入選美國40 under 40，四十位四十歲以下優秀的未來工藝創作者（future crafts），在美國國家美術館（Smithsonian American Art Museum）展出最新創作《悟場》（*En-Lightening*），這一件作品也將在二〇一五年八月開始在台中亞洲大學美術館展出半年。

東海美術系成立在一九八四年，比起其他美術系是比較晚創立的美術系。我不擅行政，接下創系的工作，主要是當時楚戈罹患鼻咽癌，他很希望我替他接下行政創系，嘗試擘畫一個不一樣的美術系課程。我們有共同對「美」「術」的理想，希望不再重蹈只重術科分組的錯誤，不再重複訓練「匠」的錯誤。我們都盼望，試圖以美學為核心設計課程，強調創作的人文內涵。術科的課程，各種「技術」，應該只是輔助，油畫是技術，水墨是技術，素描是技術，版畫、書法、篆刻、雕塑、裝置、錄影，所有美術系的「術科」都只訓練技術，但「術」無法成就真正個人的創作，無法成就人文精神，無法成就美學品質。在所有術科之上，應該有更高的美學精神來統合一切技術。技術失去美學，也就是「匠」，而且是沒有創意的「匠」。照著莫內的技術畫油畫，和照著一再臨摹的〈蘭亭〉寫書法，只是初學者的入門，以此為終極追求，只會出來一批一批同樣沒有創意的

「匠」，西畫的「匠」，或文人畫的「匠」。美，畢竟是要回來做真實的自己。莫內，或〈蘭亭〉，都必須大膽踏過，才有真正的創作。

回憶董承濂進東海美術系，未滿二十歲，他由師大附中美術實驗班畢業，素描的底子極好。素描是文藝復興以來歐洲繪畫訓練的基礎，但發展成學院必修的基本課程，逐漸變成保守的形式主義。好的素描應該並不只是外在形式的「像」，不只是相貌一成不變的執著。好的素描不只是手的技術訓練，而更在於視覺觀察的敏銳與包容吧，同樣必須要打開心靈美學的視野。古人所云「貴眼不貴手」，「貴心不貴眼」，有同樣的意思，只有「手」的技術，只有「眼」的觀察，不能入於心靈，沒有美學嚮往，還是不夠的。

承濂的素描精細中有他獨特的溫和安靜，他專注於細節筆觸，創作時一無旁騖，無論篆刻、書法、版畫，都和他的素描有統一的調性。藝術的修行，或許通於人的修行吧。承濂使用不同類別媒材，都風格一致，創作的風格也就呈現了人的風格。胡蘭成先生有次說某人書法「人鄙吝，書法也鄙吝」，人猜疑、忌妒、小氣，書法自然也沒有恢弘格局，他說的也是藝術創作的「風格」通於「人格」，不能勉強吧。

承濂在大學時術科的書法、篆刻都樸拙安靜，書法寫《泰山金剛經》刻石，渾厚靜穆，有修行者的虔敬，篆刻他是初學，為我刻了「捨得」「捨不得」兩方印，字體也不摹擬古人，卻有一種謙遜自在，比許多刻印自大的名家更內斂自制，我當時想，人的才氣或許沒有太大差別，人的品格、人的精神嚮往，內在氣質卻真似乎有宿慧。

有次閒聊，他談起父母是密宗的信仰者，因此自幼常去道場，隨大人靜坐禮佛，長輩都戲稱他「小金剛」。

大三專業分工以後，承濂對金屬工藝發生興趣，在銀或銅的材質裡尋找各種可能性。他的畢業製作由我指導，在長達一年之間，他鍛敲許多紅銅片，連接成巨型蛹狀的形體，裝置在東海牧場一帶的土丘中。紅褐色起伏的土丘，紅赭色的銅片構成的攀爬或蟄伏的蟲蛹，遠看不很顯眼，但彷彿洪荒裡蟄伏生命初始的蠕動，安靜而持續，有頑強卻不喧譁的生命力度。那一組作品後來從東海校園移轉裝置到陽明山上近金山的某處山間，在岩石與綠草叢間，銅片也因風雨沁蝕，出現斑剝綠鏽，洪荒初始，有了歲月的記憶，承濂青年時對生命在時間與空間裡存在的關心一直延續到今日的創作中。

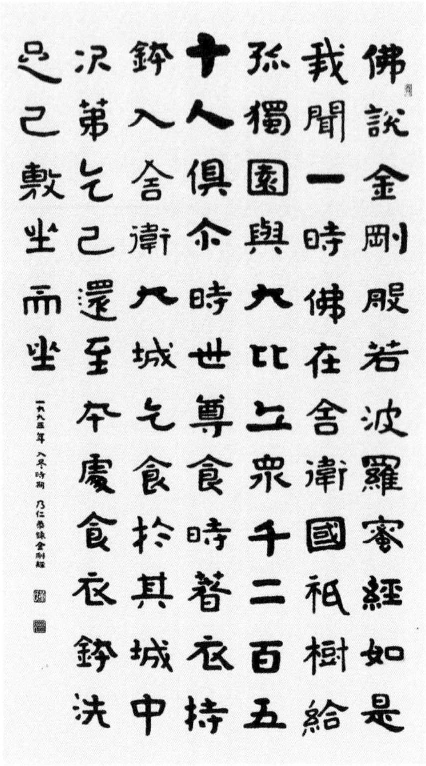

《泰山金剛經》

這次展出作品也有探討這一類議題的《太初》（*Singularity*）和《時間》（*Time*）。

這幾年承濂對金屬工藝的興趣已經不局限在材料本身，他自幼學過小提琴，對聲音很敏感，他也一直著迷於宇宙天文星體的奧祕，著迷於物體引力與漂浮的物理現象，他近期的作品大量試探與現代科技結合，成為綜合磁力懸浮，聲音與光的多重裝置。

二〇一四年在台北的展出，以磁懸浮動力運轉的五組金屬球體，像宇宙間星體的秩序，安靜地互動著，靠近或離開，吸引或排斥，彷彿不可見的《黑洞》《白洞》冥冥中因果的軌道，自有牽引，不生不滅。

美術中「術」的訓練承濂陸續專注而認真地練習，素描、書法、油畫、篆刻、金工，但在進入四十歲前後，他所學習的「術」都必須歸向一致的美學核心。那有點像他近期作品對宇宙銀河系星體的探討，他彷彿尋找著浩瀚宇宙間不可知的秩序，那些星球與星球間的牽引運轉，是什麼樣的力量在維持？引力之間有一定因果嗎？他在作品裡詢問著，探索著。「遂古之初，誰傳道之？」「上下未形，何由考之？」想起在承濂大二時上中國美術談到的屈原的〈天問〉的句子，詢問時間的最初，詢問空間不可知的上下秩序，兩千年前屈原對茫昧宇宙的發問，彷彿也是一個年輕生命到四十歲在作品裡一直繼續探問下去的宇宙本質。

人類的確知道如此有限，因為自大，就被無明蒙蔽，因為謙遜，或許才會看到更多真相。

《引力》（呂明蓁攝影）

前兩年承濂從舊金山北上，跟我在溫哥華會合，到惠斯勒的冰原高處看那年難得一見的獅子座流星雨。夏季八月的夜空，裹著毛毯，在闃暗的曠野裡看大片星辰殞落，宇宙的美，使人驚嘆，使人錯愕，使人感傷，如此揮霍，卻仍然只是不增不減。那一天我們談到《金剛經》，正是他二十歲書寫過的句子「如來者，無所從來，亦無所去——」他天真地說：「所以『如來』並不是佛殿上那一尊像——」

承濂二〇一五年八月開始，在亞洲大學現代美術館有十件作品展出，大概總結了他近幾年系列性思考的宇宙現象和生命現象，像《引力》（*Gravity*），像《空間》（*Space*），像《關於永遠》（*about Forever*），可能是西方希臘亘古哲人的物理學探問，也可能是屈原的〈天問〉，當然也可能是印度恆河岸邊探索生命者的「無所從來，亦無所去」。現代創作者，其實不只來往於各種材質，無所拘束，其實也自由來往於古今中外，沒有民族或國家的界線。

這次展出的《引力》，是旋轉墨色方塊，磁懸浮於一平面上，平面隨方塊重力凹陷變化，使我想起探索外太空星球者的腳，踏上無重力的空間，我們要如何界定自己肉身的重量？如何界定一根羽毛與一片落葉的重量？一聲嘆息的重量？

經過拋光處理的金屬球，以磁懸浮方式在虛空中運轉，上升或下沉，靠近或離開，華麗而又孤寂，像天空星辰，也像我們生命的際遇。

叫做《時間》的旋轉沙漏造型，用玻璃纖維構成，畫滿超現實素描，懸浮在木製基座中，因為沒有附著的上下點，更像時間無始無終的輪迴。最近的作品，他開始把自己長期訓練的素描繪畫在立體的大型雕塑上，像《關於永遠》，三公尺直徑的旋轉動力雕塑，裝置著十八扇葉片，葉片翻轉，畫中地平線也跟著翻轉，馬賽克鏡片閃現創作者的素描，彷彿人的創作，在永恆時間裡，或許也只是瞬間的存在，然而，朝日或夕陽，潮汐或滄海桑田，何嘗不是「瞬間」？

我看到一組作品，題名是《不思議片刻》（*Divine Moments*），一張古舊的木製搖椅，在空間裡彷彿可以靜靜搖晃，是沉思的時間，是回憶的時間，是冥想自己和宇宙的時間，在搖椅上是三件磁力懸浮的物件，像變形的蛹，像還在探索自身形狀的生命，探索著，思維著，可以是這樣嗎？或是還有其他可能？「不應以三十二相觀如來」，所有的「相」，都還在演變中，都在變化，不是最後定論，在那一時刻，時間在變化，空間在變化，自己的生命也在變化。沉思、冥想與回憶，或許都只是假設，因為謙卑，才可能領悟一點真實吧。

我問承濂這件作品的創作思考，他說是二〇一四年回台灣展覽，偶然的機會跟家人去道場，隨信眾靜坐，剎那間感覺到自己身體內的變化，感覺到時間與空間跟自己的對話，感覺到身體裡許多空間的變化，感覺到光，感覺到聲音，一個神祕而又如此真實的世界。一張木製的老舊椅子，三個磁懸浮的現代物件，有了不可知的因果，有了與創作者對話的因果。

藝術創作是一種漫長的修行，修行有宿慧，也有機緣，承濂坐在自己裝置的許多磁片構成的空間中，冥想、靜坐，他或許也嚮往自己的身體可以無重力，可以懸浮，可以更自由出入於不同的時間與空間，可以跟宇宙對話，可能是「磁場」也可能是「領悟的道場」。在時間之流中，恆河的沙，無數、無量、無邊的虛空，這肉身會輪轉成不同的肉身，曾經在某一星體，也會再去往某一還未曾知悉的星體，「無所從來，亦無所去」。

《不思議片刻》

池上日記——燒田

大火熊熊，沿著稻稈劈啪燃燒，
像燃起爆竹，一堆一堆的黑煙飛騰而起，
不多久就看到田裡留下一道一道粗獷焦黑的痕跡，
像極了顏真卿的墨色，
像極了他力透紙背寬闊沉重的線條。

葉雲忠

現代的農家多用機器插秧收割了，只有少部分畸零角落的稻田，大型收割機不好運作，才用人力收割。

二〇一三年秋收時，我曾經跟雲門的舞者一起下田，拿鐮刀學習用傳統方式收割。大約清晨五點不到，安排好的卡車就到我們住的大地飯店門口來接人了。

舞者的作息是晚上表演，因此早上都起得很晚。一大早被挖起床，違反慣常的身體生理時鐘，一個個睡眼惺忪。努力爬上兩人多高的大卡車，舞者自己也覺得身體有點笨拙吧。他們的勞動是在舞台上，然而這一天他們要學習農民土地裡的勞動。

提供稻田的農民是葉雲忠，夫婦倆都在卡車旁幫忙舞者，學會如何先一腳踩在車轅邊沿，腳一蹬，另一隻腳跨躍圍板，俐落翻進卡車內。

天還未大亮，卡車在稻田間行走，熹微的光線裡，天上還閃著未沉落的幾顆稀疏晨星，風裡吹來一陣一陣濃郁的稻香。在池上住了一段時間，大概也就會熟悉縱谷不同季節稻田的氣息。稻花開時的愉悅的香，和稻穗抽長時安靜的香，以及穀粒飽滿時像悶飯般幸福滿足的米香，都不太一樣。

我閉了一下眼睛，秋深清晨的風裡，感覺到嗅覺中滿滿都是沉甸甸的米穀香，這是豐收的氣味吧，在土地裡耕作一年的農民，或許更熟悉這種滿足的氣味記憶。

不同季節的稻田有不同的顏色，從青而黃，金黃之後，飽熟的稻穀泛出一種琥珀色的紅光，很像黎明時初初露出的朝陽飽滿而含蓄的金紅。

到了葉雲忠的稻田，大家翻下卡車，俐落很多，好像已經開始熟悉了另一種勞動的身體。

葉雲忠的田，我散步時常常經過。池上每一塊稻田旁都立有木牌，上面寫著耕種者的名字，耕種面積，巡田時間，獲獎紀錄，栽培的心得，以及ＩＳＯ國際認證的編號，這是品牌的保證，也是池上優質稻米背後經營的堅持。

張天助

負責這一天手工收割教學的是農民張天助。他的田我也常常走過，也有一塊木牌，還做了一個彈吉他的人像，自彈自唱，約略可以知道他的樂天達觀。張天助，有人叫他張老師，有人叫他張大哥。熱心參與地方的公益活動，是台灣好基金會最死忠的義工。

張天助已經是祖父了，談起孫女就笑呵呵的，不知道如何形容心中的歡喜。我也喜歡他的妻子天助嫂，天助嫂平日在池上的衛生局上班，是外地嫁來池上的媳婦。她跟天助一樣開心，常常聽她說結婚來池上以後多麼快樂，她的口頭禪是：「天助我也——」老夫老妻，在這樣天長地久的田土地中，有這樣的惺惺相惜。

天助嫂在衛生所工作四十年，到現在還在為地方的醫療努力。一次她陪同樂齡畫班去台北，一車廂都是八、九十歲老

腳踏在土地裡生活的人，踏實、豁達、樂天。

人家，每星期四聚在一起畫畫，到了這個年齡，人生什麼事都經驗過了，拿起筆來畫畫，毫無困難，跟都會裡一頭一臉藝術家氣味苦悶十足的畫家不太一樣。

老人家在車廂裡聊天，看風景，也像孩子初次遠遊，要去見識大都市繁華，還要展示他們自己的畫作，可以想見那種開心。

天助嫂坐在我旁邊，偷偷告訴我，她很緊張，都是過八十歲的人，平日在池上早起早睡，空氣好、米好、人情好，沒有情緒起伏。她擔心老人家過度興奮，要在台北三天兩夜，還要簽書義賣，「總統夫人也要來——」她一一敘述，我了解她一個人陪同幾十個老人家心裡的壓力了，但她收尾時照常哈哈一笑說：「天助我也——」

腳踏在土地裡生活的人，都如此踏實豁達樂天嗎？我不知道，那一天車廂對談，我也從天助嫂口中知道偏鄉醫療的困境。池上沒有醫院，檢查設備不足，有鄉民經過癌症篩檢，有初期跡象，要安排車輛去玉里再做進一步檢測，需要調車，需要有義工幫忙開車，天助如果田裡不忙，這義工當然又是他，「天助我也」好像就不只是口頭禪，也是很具體的現實了。

但是從天助嫂口中得知，似乎篩檢出癌症可能的病患，也有許多不願意去玉里來回檢測折騰，他們好像更相信自然生活給他們的健康。有所得，或許也有所失吧，池上過九十以上健康的老人比比皆是，大自然生活條件的富裕，醫療資源的貧乏，在這不到一萬人口的鄉鎮似乎形成一種矛盾。

張天助日常就負責一些鄉公所的案子，遠地來的遊客，如果不是匆匆來去，走馬觀花（應該說：觀金城武樹），願意多停留幾天，用比較學習的心情認識縱谷或池上，張天助就負責帶一組一組的人去田裡實際體驗割稻。

觀光的旅遊已經是全世界的災難，觀光，好像變成是用最浮淺的方式速食一個地方的自然、景觀、文化。速食使人的健康一再發生病變，一些反省性強的城市國家已經努力推動「慢食」。但是只有吃東西慢，其實沒有用。人類文明的「慢」，是從農業之後才體認到的心情。不到一萬年的時間，在美索不達米亞兩條大河之間，在尼羅河狹長的河谷地，在廣闊的黃河和長江流域，陸續發展了農業。農業是學會了把一粒種子放進土裡，要耐心等待這一粒種子發芽、成長、開花、結果。種子在春天放進土裡，可能要經歷一整個夏季，到秋天才能收穫。農業文明因此了解了季節變化，了解了晴雨寒暖，了解了日出日落，了解了星辰流轉，農業，過了慓悍的游牧狩獵時代，是安靜下來，學會了尊重自然秩序，學會了漫長的等待。

《孟子》書裡的「揠苗助長」是在嘲笑農業時代性格急躁的人，把秧苗拔一拔、提一提，想要提前加速秧苗成長，提早收穫。那是兩千年前的笑話，但是今天有多少商業急躁的貪婪，用激素、膨脹劑、各種化學藥品加速動植物生長，這其實一樣是在做「揠苗助長」荒謬可笑的事吧。數千年的農業文明，是學習尊重了自然的秩序，「春耕」、「秋收」，台灣好基金會在池上長達六、七年的活動，也是跟農民學習重新找回自然秩序。所以，「春耕」「秋收」是城市的居民回頭向池上土地中勞作的農民學習尊重自然秩序吧。

土地裡耕作的農民，總結出「春分」「秋分」，哪一天之後，是白日愈來愈長，或哪一天之後，是白日愈來愈短，農業文明如此清楚。工業革命之後，人類遠離土地，遠離自然，記憶秩序才開始混亂。

住進池上之後，我也學習更貼近自然二十四節氣的變化，什麼時候「驚蟄」，什麼時候「雨水」，什麼時候「芒種」，什麼時候「白露」或「霜降」？

原來抽象而有一點文人詩意的節氣名稱，其實或許是農民數千年口耳相傳的土地和季節的具體真實記憶吧。

農民的語言大多不抽象，像張天助喜歡站在收割的稻穗前說：穀粒愈飽滿，愈重，愈低垂，愈靠近土地，愈謙卑。

這是我整理的張天助的話，原來的語言更樸拙結巴，更沒有章法，文人常覺得不通，但大眾更容易懂，也更容易體會。

張天助有土地裡勞動者的寬厚肩膊，一雙粗糙結繭的大手，他和人握手和擁抱都緊實有力，讓初次經驗到的人喘不過氣。

那一次隨雲門學習的收割，是純粹傳統手工的經驗。左手抓一束稻稈，右手下刀。鐮刀的角度、力度慢慢都可以學習到。一束一束割下來的稻穗再由舞者學習在打穀機飛動的軸輪裡脫殼。這些體驗純粹只是對傳統勞動的記憶，現在的農耕都改用機械化了，收割機很快收完一塊田的稻穗，打穀也用機器，送去烘乾，一包一包放在有恆溫恆濕的倉庫儲存。
田裡的體驗大約三小時，舞者休息的時候，蹲坐在田壟邊吃米苔目，收割機收拾殘局，在田地上快速移動，後面跟著一群白鷺鷥，藉此機會搶食土地裡被驚動竄出的蟲，大快朵頤。

燒田

我習慣了在縱谷來來去去了，三個多小時的車程，如果從台北出發，常常從松山就直達宜蘭。如果是早班車，上車後補一小時睡眠，期待著過了隧道，在崇山峻嶺背後就看到了海，陡峭直立的懸崖，和一望無邊無際的海，我就坐直了，不想再睡。
秋天冬天的海，有時是灰色的，灰色的天空和雲，灰色的波濤，灰灰的沙灘，連蹲在灰色沙灘上偶爾的一個閒散的人也灰灰的。東北季風吹起來，島嶼東北角的風景，灰色裡顯得寒涼蕭條，總讓我想起陳映真早期的小說：〈第一件差事〉裡自殺的警員，或〈哦！蘇珊娜〉裡胸脯有皂香氣味的摩門教徒。
土地的記憶，沒有什麼原因，好像走過了一條路，身體上就有了那一條路的氣味、溫度、色彩、光線，好像那一群白鷺鷥，知道收割機聲音響起，就尾隨而來，叼食機械車轍後面翻起的土中竄動的蟲。
我們曾經逃離過這些層層疊疊密密記憶的網羅嗎？

土地、稻稈，安靜、堅毅、強悍，和收割前的景象如此不同。

過了鳳林、瑞穗，縱谷的風景愈來愈明顯。

如果從北向南行駛，我的左手邊是海岸山脈，我的右手邊是中央山脈。夾在兩條山脈之間一條狹長的土地就是縱谷。熟悉以後，不像跟同行的朋友解說海岸山脈如何受板塊擠壓隆起，中央山脈到了玉里一帶如何像神一般壯觀巨大，我的身體好像一邊是海岸山脈，一邊是中央山脈，我的身體和島嶼有了相同的記憶。

我大概知道過了壽豐、光復，玉里是大站，很多人會上下車，有時我也在這裡下車，轉去附近的安通泡溫泉，或有人接我，走玉長公路到長濱，看一看太平洋的波瀾壯闊。或者，車窗外偶爾一瞥，看見小小的月台，小小的站名「東竹」，快速的火車多不停靠了，這小小車站的旅客就要從別處等區間慢車轉過來，月台上因此總是空無一人。

縱谷許多有歷史的車站被拆除了，改建成粗糙、大而無當的新的車站，只有一些被遺忘的小車站還留著記憶。經過東竹，我想：有時被遺忘或許真是幸運。

車窗外，快速閃過入冬的縱谷。大片大片收割後的荒旱田地，田地中留著粗粗硬硬的稻稈，縱谷的風吹起來，車窗外一片一片黃黑的顏色，土地、稻稈，安靜、堅毅、強悍，和收割前的景象如此不同。

這也是縱谷遊客少的季節，「收割以後，或許沒有風景可看了吧？」常常聽到朋友這樣詢問。

我卻深愛入冬後收割了的縱谷風景，是很沉默無言的原始裸露土地的力量，是扎扎實實稻稈在土地裡屹立不搖的力量，長風一路吹來，在大山間呼嘯，土地和稻稈都不言不語。

有時候會看到農民燒田，田裡飛揚起火焰和野煙。大火熊熊，沿著稻稈劈啪燃燒，像燃起爆竹，一堆一堆的黑煙飛騰而起，但很快就在大風中散去，不多久就看到田裡留下一道一道粗獷焦黑的痕跡，像極了顏真卿的墨色，像極了他力透紙背寬闊沉重的線條，像極了他的〈裴將軍詩〉裡縱橫開闔的力量。

我對燒田的事不熟，童年在台北近郊看過，騰空而起的野煙，稻稈燃燒乾燥的熱烈的氣味，記憶很深。近幾年，燒田的景象在都會區看不見了，有朋友告訴我燒田造成霾害，汙染空氣，已經有法令禁止，農民燒田會有罰鍰。但是為什麼在縱谷還有燒田？我詢問了池上的梁正賢，一般人稱他梁大哥，梁大哥在池上務農半世紀，他是道地土地裡生活的人，也一手帶起池上的護鄉愛鄉的工作，我總是從他那裡得到許多對土地的認識。

他大約告訴我燒田是傳統土地利用的資源回收的方式，稻稈燒成灰，是最好的肥料，來自於土地，回歸於土地。但是人口密集之後，燒田造成霾害，空氣汙染，的確是問題，因此有了禁令罰鍰。他也告訴我一期稻作收割，到二期稻作插秧，時間很短，來不及打碎稻稈，來不及把稻稈翻在土裡腐化成肥料，因此雖然有罰鍰，有些農民還是採用傳統燒田的方式。

島嶼西岸嚴重的霾害問題，不斷發生「紫爆」警訊。東部的ＰＭ２．５檢測通常還是比西岸好很多，居民因此或許還沒有切身之痛。燒田在禁令與違法之間還有曖昧，除了燒田，如何痛定思痛，減少機車、汽車、火力發電，一切能源消耗造成的空汙後果，會不會是島嶼應該全面檢討的迫切課題了？

翻土

梁正賢先生捐出了老穀倉，由台灣好基金會委託建築師陳冠華，帶領元智建築科系學生正在規畫整建，二〇一六年十月可以完工，做為池上第一所老穀倉改建的美術館。陳冠華在東海岸有長達近三十年的規畫民宿建築經驗，他尊重自然，尊重原有居民的生活秩序，不把建築師的個人主觀強加在設計之中。他帶領有理想的建築青年，對抗惡質的建築商業操作模式，一次一次和池上當地居民溝通，一起辦桌，一起生活，從在地居民口中重建一個廢棄穀倉的歷史記憶。

穀倉不是一個建築師的設計，穀倉是一個地方居民賴以維生的重要符號。不同年齡的居民，從五十年前、四十年前、三十年前、二十年前，慢慢積累起穀倉的回憶。這些回憶加起來才是穀倉轉型成為美術館的基礎，建築師沒有權力抹殺居民記憶，沒有權力離開這些居民的記憶強加一個符號給在地居民。

島嶼上許多建築突兀霸道，像許多縱谷車站的改建，造成歷史記憶的斷裂混亂，然而池上將重建記憶，從穀倉的改建

一塊一塊乾涸的土塊，黑褐沉重而結實。

開始，也如同池上人李香誼剛出版的書——《看見池上，看見時代》。

我跟作者李香誼還沒見面。這本口述歷史十月才由池上鄉公所出版，有鄉長張堯城寫的序。

書裡用口述歷史的方式訪問記錄了池上十三個人物的故事，第一篇就是李香誼的阿公，近九十歲的李啟容。

我慢慢讀著故事，知道是在池上街上常常遇到的老人家。他們到了九十歲，身上都記錄著島嶼歷史。李啟容誕生在日本殖民時代，在日本拓南煉油廠當技師，參加了日軍在印尼的戰爭，看到台灣兵如何身上綁著炸藥被命令去臥在美軍坦克下做人肉炸彈。我讀著，和李香誼一起學習池上的歷史，學習島嶼的歷史，教科書上沒有的歷史。李香誼十六歲離開池上，在德國學習，在歐洲學習城鄉與區域發展。她回池上了，重新用口述歷史建構自己的記憶，也幫助外來的人用這樣的方式認識池上。

李啟容和池上許多現在居民一樣，也是外地遷入的移民，二戰後他被遣返台灣，從雲林斗六移居池上，放棄煉油廠工作，在池上騎著單車賣醬菜，建立東和醬園，重新開始新的生活。

李香誼的這本書沒有文學作者的主觀偏見，沒有知識分子常擺脫不掉的傲慢，平鋪直敘，使人可以真正閱讀到池上的歷史，閱讀到島嶼的歷史。更難能可貴，這本書由李香誼帶領池上兒童一起做口述歷史，父祖輩的口述，一一變成孩子的文字書寫，池上的兒孫輩會因此和父祖輩有了記憶的連繫。

池上文字書寫有李香誼，建築上有陳冠華和元智的學生，他們都以當地居民的記憶為基礎，重建在地的歷史。

收割以後，池上的田地有真正土地的面貌。走在田埂間，看到打碎的稻稈混合在田土中，一塊一塊乾涸的土塊，黑褐沉重而結實，我想到梵谷畫裡前景常用這樣大片的土地構圖，我也想到碧娜・鮑許在《春之祭禮》換場時直接用大堆土塊在舞台上堆擠的強大力量。

創作或許離不開生活的記憶，離開了生活，貧血，蒼白，也只剩下瑣碎的囈語了。

金新木薑子

隔壁鄰居賴先生通常比我還早出門散步。六點多，我出門的時候，有時會遇到他剛好回家。他從不打擾人，我剛搬進來，他摘了兩顆芭樂送我，像是近鄰的歡迎吧。後來有一次他插了一枝狀元紅給我，插在大約十幾吋高的土瓶中。

第三次是在他家門口，叫住我，說要送我一片葉子。就走到院子中，伸手從一棵樹上摘了一片葉子，遞給我說：佛光樹葉。我把樹葉放在掌中，卵型略長，葉脈很細。賴先生要我翻過來看，「哇，金色的——」，他彷彿知道我會驚訝，微微一笑。

我回家後把金色葉子放在一隻黑釉小碟子中，供養在佛案上。瓷黑襯著金色葉脈，在香煙繚繞中很好看。

後來查了資料，俗名佛光樹的植物原名不太好記，是「金新木薑子」，綠島、蘭嶼有原生種，是一種樟科喬木。這種樹葉背面遍布柔軟金色細毛，抬頭仰望，一片金光閃亮，據說古代航海的水手海上迷途，就靠這金光指引靠岸，因此民間俗稱佛光樹或七寶樹。

翻土

翻土以後的田野大地，是我來池上第一個冬天深刻的記憶，走在好像被遊客遺忘的鄉村田間，看到依然耕作著的農

俗稱佛光樹、七寶樹的金新木薑子。

民。他們利用稻田休耕時間在田邊種短期可以收穫的雜糧或青菜。

在土地中拿著鋤頭彎身耕作的人讓我想起米勒的畫。

米勒出身農民家庭，靠教會資助才能讀書，他以優異成績進入巴黎都會讀藝術學院。然而畢業以後米勒與工商業城市的美學格格不入，他畫裸體像，貴族肖像，他試圖做職業畫家，都一一失敗。一八五〇年以後米勒認識了當時對抗都市文明的畫家盧梭等人，常常去巴比松（Barbizon）農村畫風景。逃離都市的畫家，在楓丹白露森林自然風景中找到療癒，米勒卻看到了土地上耕作的人，在收割後的麥田彎身拾起麥穗的《拾穗》，在勞累工作一天之後聽到教堂晚鐘低頭祈禱感謝的《晚禱》，米勒不再像風景畫家來來去去，他在農村住了下來，養大九個孩子，他不再只是一個畫家，回到土中重新成為農民。

如果在今天，米勒會來池上嗎？米勒會在池上定居嗎？

我答應池上書局的簡博襄和曹菊苹在還沒有整修的穀倉講一次米勒，我沒有答案，我只是在想，如果是今天，米勒會到池上來嗎？他會在池上看到《拾穗》或《晚禱》的景象嗎？

《拾穗》其實是基督教文明古老的故事，基督訓示，有錢的地主，有足夠的收穫了，掉落在地上的麥穗要留給窮人撿拾。畫面上三個彎腰撿起麥穗的婦人，是古老信仰疼愛的人，他們靠撿起的麥穗維生，他們讓米勒記憶起自己成長的許多土地倫理的經驗。

米勒畫作《拾穗》。

米勒當時被許多人攻擊，認為他有階級意識，站在勞動人民一邊，政客甚至指認他《拾穗》畫中有一名女子戴紅頭巾，有宣揚共產主義、煽動革命的嫌疑。

米勒或許困擾過、怨恨過，沮喪過，他在畫《晚禱》時恰好遇到歉收，原來想畫一張農民苦不堪言的生活景象，也許充滿抱怨憎恨或抗爭吧，然而畫著畫著，他經過田野，聽到黃昏時教堂鐘聲響起，看到一對農民夫婦拿下帽子，低頭祈禱。米勒沒有看到抱怨憎恨，他看到土地裡勞動的人，如此感謝，如此祝福。

那張畫完成了，原來可能叫作「歉收」的作品改名為《晚禱》。

美或許是更長久的記憶，歉收是記憶，豐收也是記憶，歉收的痛苦、豐收的幸福都經驗過了，知道無論是歉收或豐收，都要在神前低頭合十，對於土地，除了感謝，沒有其他言語。

有人跟我說池上特別多土地廟，守護一方小小土地，沒有妄想。

年底，收割後，我在錦園村保安宮前看了第一台客家村落謝神的「收冬戲」。

我的空間記憶——城市的空間與時間

找不到時間與空間的原點，
這個城市其實不可能有信仰，
沒有過去，沒有歷史，沒有傳承，沒有文化，
所有五光十色的商業，看似繁榮，
也都只是瞬間的浮華，沒有永恆的意義。

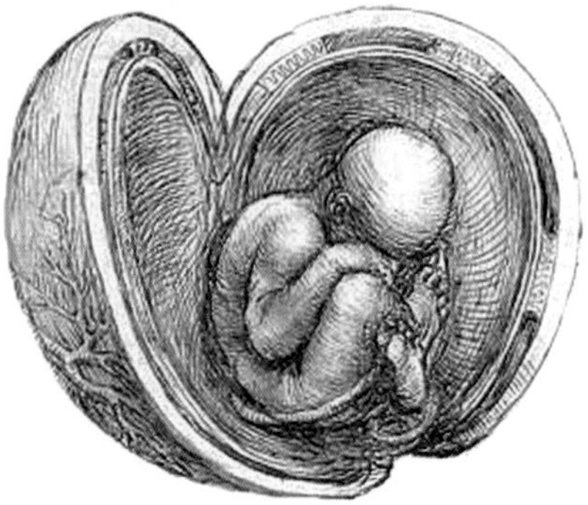

萬神殿穹頂是完美的球體空間。shutterstock

達文西素描的胎兒

我最早的空間記憶是什麼？

許多人是三歲、四歲才有記憶，但那是大腦思維的記憶，身體的記憶有沒有可能更早？

我最初的身體記憶好像是從胎兒開始，一個胎兒的空間，不是大腦的記憶，是身體的記憶。

幽暗的、密閉的、溫暖的、潮濕的，身體蜷縮在這樣的空間裡，聽到很規律的節奏、心跳或者呼吸，那不是視覺的空間，是聽覺和觸覺的空間。閉著眼睛，視覺還沒有開啟，味覺也還沒有開始。

聽覺和觸覺可能是最早身體的空間記憶嗎？

每一次到了海邊，拾起一枚貝殼，都渴望把耳朵再一次貼近貝殼中空的部分，彷彿就重新回到了那個最初的空間，聽到海濤靜靜迴旋，感覺到潮汐規律漲退，心跳和呼吸都帶著母親身體的溫度。

在巴塞隆納走進高第（Gaudi）的建築，常常覺得他的空間也如此像一枚貝殼，有一次看他的素描草圖，果真看到他解剖貝殼成為他的旋轉樓梯的空間。

那個最初胎兒的空間記憶，如此私密，很難與他人分享。然而每一次入睡前，蜷縮在棉被裡，就彷彿又一次回到那最初的私密空間，安全的空間，寧靜的空間，不會被打擾的空間。

在離開母體之前，在號啕大哭被驚擾之後，每一個胎兒是否都還在身體裡留著最早的空間記憶？不是大腦思維的記憶，是身體感官的記憶。聽覺開始了，可以分辨節奏快慢，可以聽到秩序與規則。觸覺開始了，可以感覺到冷或者熱，感覺到壓力或舒緩。也許嗅覺也已經開始，記憶著母親身體的氣味。

我們的一生或許都帶著這樣的記憶入睡，無論一天經歷過多少不同的空間，目迷五色，最後還是渴望回到最初空間的原點，可以跟自己在一起，再一次回到單純的胎兒狀態，沒有驚恐憂慮，沒有顛倒夢想，是果核裡安安靜靜還沒有想要發芽的果仁。

達文西有一張著名的素描，描繪著蜷縮在母親子宮裡的胎兒。

他對人體充滿好奇，在宗教禁忌的年代，他潛入墓室，解剖人體，做詳細記錄。他解剖到一個懷孕死去的女性身體，打開子宮，發現蜷縮的胎兒。達文西似乎冥想著人類最初的空間記憶。

他或許感覺到生命最初的空間，是一個用聽覺和觸覺記憶的空間，不是用大腦思維去認識的空間。

大腦思維的空間是單純視覺的，少了溫度，也少了聲音的秩序。

萬神殿

羅馬在公元一世紀後修建了萬神殿（Panthon），是哈德里安皇帝極盛時代的信仰空間。好幾次走進那個空間，都覺得像是重新回到一個胎兒的空間。

一個純粹球型的空間，高和寬等長，直徑四十三．三公尺的巨大球體，從核心到球體的每一個邊緣都是等距離。

一個完美的球體，一個私密的完整空間，無論遊客多少，一進入那空間，就安靜了下來。每一個人都彷彿回到胎兒沉睡的狀態，彷彿仰望無限神祕的天穹，那麼遙遠又那麼貼近。

在那密閉空間裡唯一跟外界溝通的是穹頂上一個天窗（oculus）。在拉丁文裡oculus是「眼睛」，是密閉空間通向宇宙的眼睛，是外面的光進入球體空間的唯一通道。一個圓型中空的洞，彷彿子宮口，胎兒將從那裡跟外界溝通。

巨大的球體建築空間，每一個人都仰望著那一束光，彷彿開啟了《金剛經》說的「天眼」，「佛眼」，再次回到胎兒的記憶，聽自己身體裡的聲音，感覺自己身體裡的溫度。

好的空間不是使人思維，而是透過身體感官，使人沉澱安靜，使人回到身體最初的原點，再一次跟自己在一起。

那一束光隨著季節變化，冬至大約是二十四度角，夏至大約是七十二度角，那一束光，使空間和時間在一起，成為「宇宙」。

「宇」是空間，「宙」是時間

達文西曾經依據古羅馬維特魯維亞（Vitruvius）的哲學，描繪了著名的人體空間。維特魯維亞在建築的論述裡認為人

那一束光，使空間與時間在一起，成為「宇宙」。

體是完美比例的基礎。達文西演繹了這個概念，描繪一個張開四肢的人體，張開手和腳，觸碰著圓和方的邊緣。達文西在這張素描下方寫了幾行字，意思是說：完美的人體是丈量宇宙的尺度。

從一個蜷縮的胎兒開始，我們的身體，張開來了，極限發展，達到無限，可以和宇宙同樣寬廣巨大。

什麼是「宇」？什麼是「宙」？

「宇」是上下四方，「宙」是古往今來，「宇」是空間，「宙」是時間。

用達文西的素描來看，人生活在空間與時間之中，在空間與時間中尋找自己的定位。一個完美的人體，一個達到極限的生命，一個完全開發了潛能的身體，便達到了宇宙的廣度，達到與空間時間的無限性。

從胎兒的原點開始，一個張開的人體，潛能無限發展，充滿空間，也充滿時間。

達文西素描裡的「方」和「圓」，象徵「宇宙」（cosmos），「方」是空間，「圓」是時間。

幾乎在同一時代，在東方和西方，都在思考方與圓的象徵意義。

和萬神殿建造的時代相近，東方在一世紀前後，也在思考「宇」「宙」的狀態。至少到了漢代，造型設計上很明顯地出現了「天圓地方」的概念。

造型設計不只是一種純粹視覺的圖像，而是把圖像做為一種象徵來思考。建築上漢代宮殿設計出現的「明堂」（方）

「辟雍」，一方形建築，外圍一圈圓形的水環繞。是把「宇宙」整體概念放進政治統治的符號中，設計了皇室建築的形式。

兩千年前漢代建築上的「天圓地方」，木結構材料無法保存長久，多無實物可以印證，只有文字論述可以查考。但漢代的「天圓地方」似乎已成為一種造型設計上無所不在的空間與時間概念。錢幣從早期各種多樣形式的貨貝，在漢代統一成「外圓內方」的形式，中間一個方孔，影響兩千年來東方金屬貨幣的基本形式。

最明顯的「天圓地方」的造型出現在漢代銅鏡上。漢代銅鏡出現「規矩四神」的形式，外圍是圓形的「規」，內部一

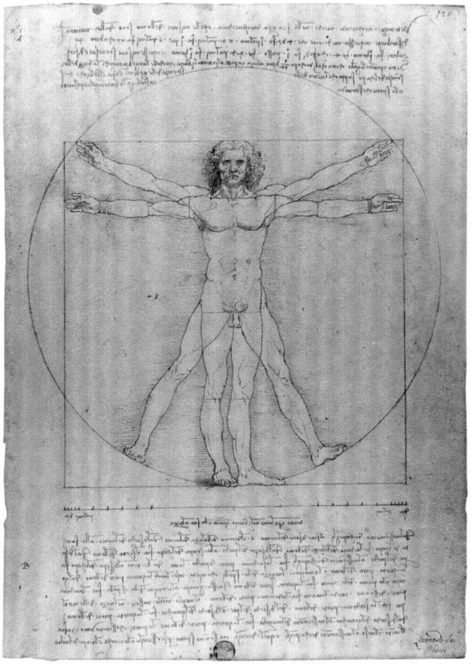

達文西《維特魯威人》

個方形的「矩」。方形的四端常有「玄武」（北），「朱雀」（南），「青龍」（東），「白虎」（西），四種方位神獸的圖像，明顯界定「方」與「空間」的象徵關係。

銅鏡的外圍是圓形，圓形是一個日晷，古代用日影來計算時間的工具，因此銅鏡上也常鐫刻有太陽符號，時間刻度，以及「子丑寅卯辰巳午未申酉戌亥」十二時的時辰刻度排列。

畫「圓」的工具是「規」，我們今天仍稱為圓規。畫「方」的工具是「矩」，也就是九十度轉角的矩尺。在「規」和「矩」中定位照鏡子的自己，很像達文西在方與圓中間尋找人的位置，確定生命在空間與時間裡存在的意義。

從胎兒開始，生命從一個小小的原點尋找在空間與時間中的定位，像我們在手機裡google自己的定位。

如同達文西所相信的，人如果是完美空間開始的原點，城市的空間也必然回到人的基礎。

城市的零座標

在巴黎居住行走，很容易感覺到這個城市的原點，城市的原點也就是地理上的「零座標」。

巴黎的「零座標」在哪裡？就在著名的聖母院（Notre Dame）西側的廣場中心。計算空間上巴黎的一公里、兩公里，是從這個「零座標」開始，廣場地面上有一個銅鑄的光芒裝飾的阿拉伯數字的「零」。這是巴黎的原點，像巴黎的胎兒，從這裡開始了一個城市偉大的空間，也開始了一個城市悠久的時間。

空間的巴黎無論多大，都要回到這個城市的原點「零座標」，從這個原點向外擴張，一圈一圈，像一個城市的三環、四環、五環、六環，如同樹木的年輪，是空間的擴大成長，也同時是時間的擴大延長。

聖母院在塞納河中的城島（Cité）上，這是城市最早的時間原點，大約開始於十世紀前後。一一六三年修建聖母院，像漢移民在台灣社區的媽祖廟，聖母院也就是巴黎居民最初的信仰記憶，是時間的記憶，也是空間的記憶，是地理的「零座標」，也是歷史的「零座標」。

台灣漢移民建立了最早的城市，與原住民族的部落有了區隔。「零座標」在移民早期通常都是媽祖廟，媽祖廟也一直是社區的「零座標」。清代發展為天后宮，無論「媽祖」或「天后」，其實跟巴黎法語中「聖母」的意義相似。

位於巴黎聖母院西側廣場中心的「零座標」。

每一個生命都記憶著胎兒時母親的身體，記憶著那最早的空間。無論跑到多遠，都不會忘記那開始的「零座標」。

島嶼在近五十年破壞了信仰上傳承久遠的「零座標」，城市時間的年輪被攪擾混亂了，城市空間的秩序也被踐踏抹殺。城市記憶在強大惡質的商業利益炒作下被毀壞，土地體無完膚，城市失去了記憶。

一個城市，沒有「零座標」，也就失去了可以出發的原點，失去了向外擴大的能力，沒有「天窗」，沒有「眼睛」，沒有視野，達文西觸碰宇宙邊緣極限的能力發展不起來，人不再是城市空間的中心尺度，淹腳目求暴利的錢，厲害的行銷手段，無所不用其極，毀壞了城市記憶，剝奪了人在城市的中心位置。

我常常問朋友：台北的「零座標」在哪裡？

許多人茫然搖頭。

「零座標」如果模糊曖昧，找不到時間與空間的原點，這個城市其實不可能有信仰，沒有過去，沒有歷史，沒有傳承，沒有文化，所有五光十色的商業，看似繁榮，也都只是瞬間的浮華，沒有永恆的意義。

這個城市，即使有快速的捷運，有看似活潑的悠遊卡，可能還是墮落在商業炒作的行銷利益中，無以自拔吧。

池上日記

卷二——日光四季

二〇一四 十一月——十二月

池上駐鄉，要畫這樣的稻田，這樣的雲和山。

——十一月二十三日

秋收後池上水圳邊新生芒草

——十一月二十九日

北地寒流，縱谷的風呼呼襲來。收割後稻梗土褐，荷葉蓮蓬也都枯乾。沒有遊客，躲進池上豆皮店，一槽一槽熱氣蒸騰的豆漿，溫暖幸福，今天早餐是一盤香菜煎豆皮。

——十二月二十三日

荷葉生時春恨生，荷葉枯時秋恨成。深知身在情長在，悵望江頭江水聲。

——十二月二十五日

〈灰色的海〉

看見了海
在火車轉彎的時候

看見了海
在峰迴路轉的山後

看見了海
島嶼冬季在雨絲裡顯得憂鬱的海

必然有些寒冷吧
孤獨的行人壓低帽沿、豎直衣領，匆匆走過

冬天的海不是藍色的
灰色的雲

灰色的天空
灰色的波浪，灰色沙灘上蹲著灰色衣服的男子

也許應該學會忘記
忘記夏天

忘記陽光下曾經很蔚藍的海
忘記男子曾經是少年，穿著紅色汗衫奔跑

忘記歲月裡曾經美麗的花
在灰色的季節

蹲在灰色的沙灘上
看灰色的海

——十二月二十七日

二〇一五　一月——十二月

新年第一天的黎明，池上油菜花一片金黃
如旭日朝陽。

——一月一日

三仙台的海濤洶湧澎湃，可以靜聽風聲裡
浪的來去迴旋。

——一月五日

池上萬安鳳鳴山上芒花

——一月六日

延平鄉鸞山部落巨大白榕，年歲久遠，枝椏交錯蔓延，覆蓋廣遠，布農族敬為山神。

——一月九日

農民翻土，等待春耕。

——一月十三日

延平鄉鸞山部落梅花盛開芬芳馥郁。

——一月十四日

田圃中原來蓋著白布，一百公尺長，一道一道，今天早上打開了，裏面一盒一盒秧苗，約兩公分高，立春就要插秧了。

——一月十六日

公東教堂鑄鐵耶穌像，腳背釘痕血漬，紅色玻璃鑲嵌，像一種救贖的光。

——一月二十四日

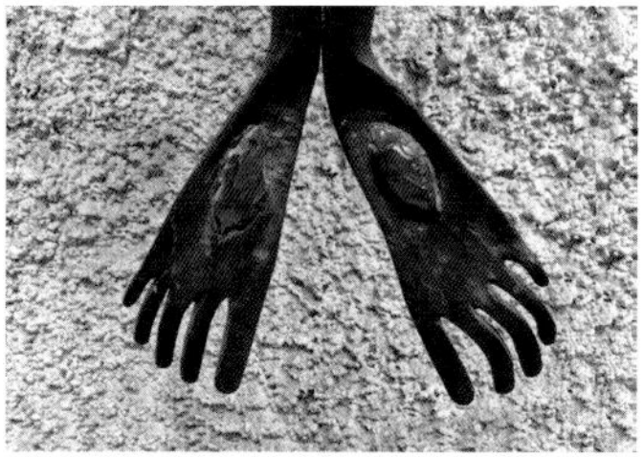

池上秧田寬闊平坦，淺水映著雲天。田土如心境，不寬闊，不平坦，擠滿忌妒怨怒，很難長出新生命吧。

——一月二十八日

卑南溪畔水田映照藍天白雲，「是日也，天朗氣清」，原來蘭亭故事講的是人品心境，只看作書法便小器了。

——一月三十日

已過立春，想起關山天后宮，建於光緒年間。殿廡完整，廟埕開闊，廟宇中庭掛滿紅燈籠，有庶民嚮往的大氣、飽滿、溫暖與祥和，日日好日，年年好年。

——二月七日

平和、喜悅、溫暖，在修行的路上祂們走得穩定踏實，沒有煩惱憂愁。清邁的陽光和風都如微笑，安靜而不喧譁。

——二月十五日

清邁素帖山下無夢寺，身體殘斷失落的佛頭，依舊微笑，彷彿無思無想，沒有捨得，沒有捨不得。

——二月二十日

驚蟄剛過，池上清晨如此寧靜空明。

——三月九日

玉里枇杷極好，豐圓飽滿，像齊白石的畫。白石天真爛漫，有民間庶民百姓的大氣活潑。他自在喜悅，被批評筆不筆，畫不畫，但他確實是「自有我在」，決不矯情造作，一味臨摹抄襲古人。

——三月十九日

春天玉長公路上常常看到雲瀑。雲從太平洋方向來，翻越海岸山脈，向下奔瀉，流向山谷溪澗，如同瀑布。

——三月二十日

應該做一棵樹，安安靜靜，一百年，不言不語，在炎陽下，成為多少人心浮氣躁時的庇蔭。

——三月二十四日

即使生命艱難，有時憂愁，還是希望像一棵樹，感覺得到春天來臨的喜悅歡欣。

——三月二十六日

遠山長，雲山亂，曉山青——蘇東坡如是說。

——三月二十七日

雨後初晴，白流蘇開花了。記得日治時留下新公園有一株大白流蘇，每到初春，像覆雪一般，迷離紛披，路過的人都要回頭，歡喜讚歎。

——三月二十八日

今天池上山頭長長一抹雲，閒適、慵懶，好像自在到無所是事，飄浮，舒展，像午後草地上伸懶腰的貓。

——四月一日

東竹——縱谷線上很小的一站，快車多不停靠。黃昏前看不到站務員，候車室三張枕木長椅。站外沒有居民，迎面陡坡上去是富北國中，可以想像白日上課時有少年們喧鬧歡笑。

——四月二日

好風，好水，好陽光，稻葉翻飛搖曳，如同舞蹈，不可不知今日的喜悅。

——四月三日

回台北幾天，想念池上書局的Momo。牠總是優雅閒適，自在從容，像假日午後椅子上一段緩緩移動的日光。

——四月四日

清晨大坡池，如同水墨畫。空靈明淨，濃淡對應，大創作者以造化為師，筆墨都在自然中。

——四月十日

池上鳳鳴山有麥田，黃金色，潔淨，想起基督的句子：一粒麥子若是不死，就只是一粒麥子。落在土中死了，就生出許多麥子來。

——四月十七日

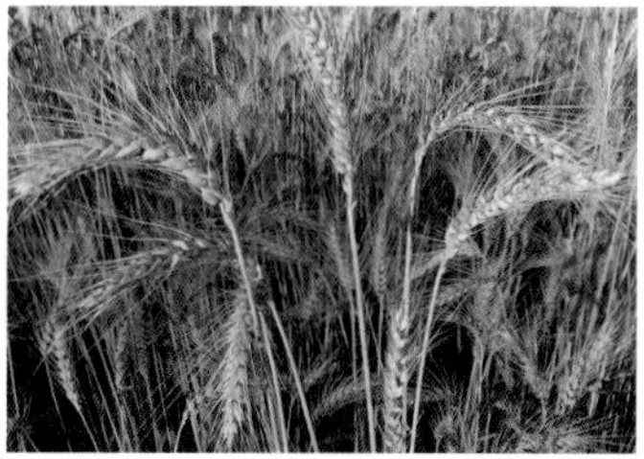

內湖堤頂附近開了幾株刺桐花，紅豔奪目。童年時刺桐是進入初夏的預告。刺桐有島嶼野豔旺盛的生命力，都會已經難得一見了。

——四月二十日

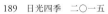

清晨大坡池樹林間、草地上都是黎明初日升起的光，覺得應該有葛利果聖歌（Gregorian chant）的頌讚詠唱。

——四月二十七日

立夏前後，縱谷的稻田開始有很豐富的綠了。如果有風，可以看到風行走的姿態，在稻葉上滉漾、搖曳、翻飛，如同波濤，風起雲湧。看到風停，一切都無痕跡，仍然只是靜靜的稻田。

——四月三十日

曾經在南橫埡口一帶看過野百合大片壯觀盛況。一過穀雨，縱谷的百合又處處開放，這是富里教堂庭院花圃中的百合，也潔淨美麗。

——五月六日

曾經在高雄鼓山看過滿滿一片像火一樣燃燒的鳳凰花。在清邁湄林一株鳳凰樹完整張開，像傘蓋一樣。生命有足夠空間，不被擠壓砍伐，就能如此華美富裕。

——五月九日

院中一叢白色孤挺花盛開了，遠望以為是百合。台灣孤挺花多紅橙或條紋雜色。一色的白，很潔淨自在。

——五月十一日

清晨池上海岸山脈有雲瀑，有曙光。授粉剛過，稻穗初萌，初夏好時節，記之不忘。

——五月十四日

今日小滿，稻禾的穗有圓滿的顆粒了。節氣緩緩走著，告知生命每一個階段的喜悅幸福。

——五月二十一日

生命當如此熱烈如初夏之花。

——五月二十五日

池上雨後初晴，稻穗結實纍纍，綠中透出金黃。雲飛霧卷，走在田陌間，許多事都可放下。

——五月二十七日

大坡池荷花盛開了，清晨五時大霧，迷濛恍惚，光與色彩都如夢境。

——五月二十八日

朋友收藏的日本南部鐵壺，造型渾圓單純，內斂安靜，用來煮水烹茶，度過一個閒適愉悅的午後。

——五月三十日

莫斯科灌木叢盛開白花，當地人說是茉莉（jasmine），但和台灣茉莉不完全相同，比較高，單瓣，也有淡淡香氣。

注：謝謝臉書朋友指正，照片上應屬「山梅花」才是。

——六月二十二日

普希金美術館最好的一張畢卡索。一九〇五年，剛脱離藍灰憂鬱的色調，仍然是街頭賣藝人、流浪漢，無家可歸的遊民，但開始出現了愉悦溫暖的粉紅。男子靜定如山，小女孩輕盈流動如雲，二十剛出頭，青年畫家彷彿仍嚮往隨白馬遠去的流浪漂泊。

——六月二十四日

沿縱谷南下，農田大多收割了。田野燒起火，四處野煙，墨黑焦炭的線在稻梗間縱橫，像魏晉刻石。站在池上這一片田地前想起「爨龍顏」「爨寶子」，廣闊渾朴，沒有扭捏作態。

——七月二日

「Wat Suan Dok」，有人譯為松德寺，十四世紀後的君王莊園改建寺廟，新近整修裝飾，金碧輝煌，清晨僧侶持缽而來，心中默唸：或許可以度一切苦厄，度過傷痛，度過驚慌，度過災劫。

——七月六日

棲息湖邊的野雁，彷彿夢著南方遙遠的家園。我們每年夏天見一次面，入秋後又各自分散，期待來年或許再見。

——七月十二日

靜觀夕陽金色絢麗的光，分分秒秒都在變化。靜觀慢慢沉入暗影裏的山巒。靜靜觀看河面上一絲一絲水的波紋，一切如夢幻泡影，所有的捨不得都在眼前如此逝去。

——七月十四日

「Chiang Dao」，有人譯為清佬。在清邁西北約八十公里處，已近緬甸邊界。群峰重嶺，高達兩千公尺，壇法普隆寺在山腰，攀登五百級台階，大殿依山洞天然岩窟建成，上設金塔，萬山環抱，雲嵐變滅，塔自巍峨不動。

——七月二十日

曾經，在一期稻作收割前，縱谷的山脈出現這樣的雲，彷彿長河，波濤洶湧。有時候也像含苞的花，一朵一朵綻放。手機裡留著已經逝去的畫面，天涯海角，我還嗅得到雨後土地的氣味。

——七月二十九日

大雁在湖邊石上棲息，單腳站立，頭枕在背上，悠閒舒適，一動也不動，匆匆走過，不細看，會以為就是一塊石頭。

——七月三十日

朋友去日本鎌倉，問我要去哪裏。想起去年八月明月院的繡球花，當地稱為「紫陽」。青、白、粉、紫，富裕飽滿，各類品種。我就傳去這張照片，希望他也能看到花如明月，皎潔、圓滿、無垢。

——八月二日

朋友來信說：池上第二期稻作插秧了。知道這幾日有颱風來，便心中擔憂，低頭默禱，希望能無大災害。

——八月七日

風狂雨驟之後，常常會想起島嶼鄉鎮農村，田埂路邊，一株樹，一座小小的土地公廟，是土地的庇祐，風調雨順。

——八月十一日

每天走在森林裡，好像在參悟什麼。仆倒的大樹，慢慢在土裡腐朽爛掉，但是也看到死去的樹幹上新生的樹木。「腐爛」「老朽」都像是罵人的詞彙，在大自然中卻如此莊嚴。

——八月十七日

唐咸通九年（八六八年）雕版《金剛經》的句子「不驚、不怖、不畏」時時刻刻陪伴我，度過親人受病苦的時刻。我仍有許多「捨得，捨不得」的功課要做。八月二十一日讀誦《金剛經》之後。

——八月二十二日

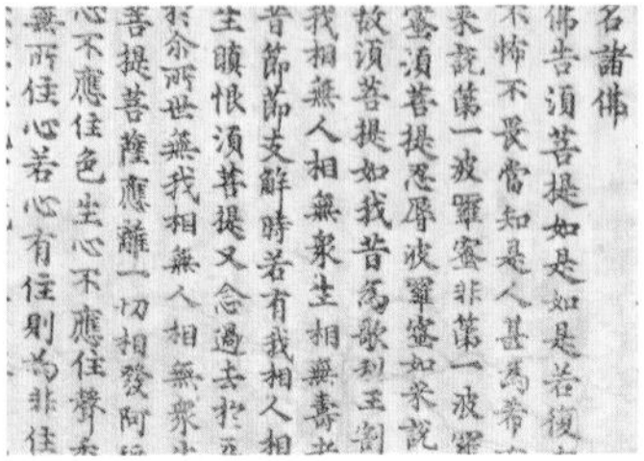
名諸佛
佛告須菩提如是如是若復有
不怖不畏當知是人甚為希有
來說第一波羅蜜非第一波羅
蜜須菩提忍辱波羅蜜如來說
故須菩提如我昔為歌利王割
我相無人相無眾生相無壽者
昔節節支解時若有我相人相
生瞋恨須菩提又念過去於五
於爾所世無我相無人相無眾生
菩提菩薩應離一切相發阿耨
心不應住色生心不應住聲香
無所住心若心有住則為非住

夕陽如酒
聽到海洋的鼾聲
在遠方，此起彼落
酡紅色的晚雲
從神話的島嶼飛起
伊卡魯斯
墜落，還是高飛
無關乎羽毛的輕重
無關乎蠟或肉體
無關乎愛或者恨
無關乎生或者死
一定是因為風
少年就想跟雲說告別的話了
我醉在智利的陽光裡、雨裡
土壤中有橡木慢慢分解的氣味
有黑醋栗和秋分時光的恬靜
有你微微淡淡的笑容
我在玻璃的邊緣看你
聽雨聲在河流中迴旋
落日揮霍剩餘的紫色灰色
皮膚上留著十四度的記憶，乍暖還寒
迴盪着逐漸空去的杯子
你說：沒有不散的宴席
像一則預言
說了又說
或許也都知道必然應驗
卻始終沒有人理會

——八月二十六日

中元普渡，想起八里渡船頭的「萬善同歸」，是對普天下生命共同的召喚與安慰。卵生、胎生、濕生、化生，有色、無色，有想、無想，非有想、非無想，都在修行的路上。

注：八里渡船頭「萬善同歸」設於清道光年間，漢移民追悼收納亡者的共同記憶。近年四周被新北市外包做攤販，古蹟有被破壞之虞。

——八月二十八日

惠斯勒（Whisler）的喬佛里湖（Joffre Lake）有三層，攀登到最高處，遠眺大山主峰，長年冰雪覆蓋，石礫堅冰與雪水沖刷融匯成碧藍的高原湖泊，松杉寂靜，洪荒遠古無聲。

——九月六日

湖藍與草綠可以如此諧和。

——九月七日

漸遠了，退潮的海灘上留著一波一波潮汐雕塑出的沙的起伏紋路。夏日黃昏西斜的光把影子拉得很長，遠處有青年打擊非洲鼓，行路遲遲，告別總是很難，和時光告別，和一地方告別。

——九月九日

九一一的午后，在紐約有深秋異常明亮的陽光，大街上一幢幢摩天大樓高聳與天齊，如此繁華的城市，一轉入地鐵，月台上沉睡的遊民，彷彿說著繁華背後蒼涼的故事。

——九月十三日

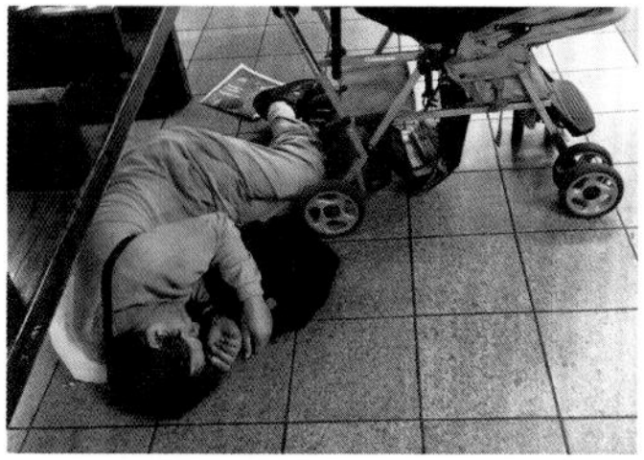

從布魯克林隔著哈德遜河遠眺曼哈頓，二十世紀以來最偉大的城市，紐約的繁華，有了距離，可以反省，可以沉思低迴，繁華究竟是什麼？

——九月十六日

一個偉大的城市，強勢、富有、繁榮，在中央公園一角遠看城市，也許更動人的是大片綠地，綠地上休憩的市民，奔跑的孩子，依靠的情侶——城市的偉大還是以人做為中心。

——九月十七日

紐約中央圖書館後的布萊恩公園（Bryant Park），午餐時間，上班族在這裡休息，一份簡餐、一杯咖啡、一本書，談天、睡覺、發呆，所有遇到的人都不會再見，有一點憂傷，也覺得輕鬆自由，無有罣礙。

——九月十八日

古埃及的雕像殘損了，只剩下幾公分一小塊局部，靜靜在櫥窗裡，那唇型如此美麗，欲言又止，彷彿要說三、四千年前尼羅河岸邊蓮花盛放，水聲婉轉的故事。

——九月二十二日

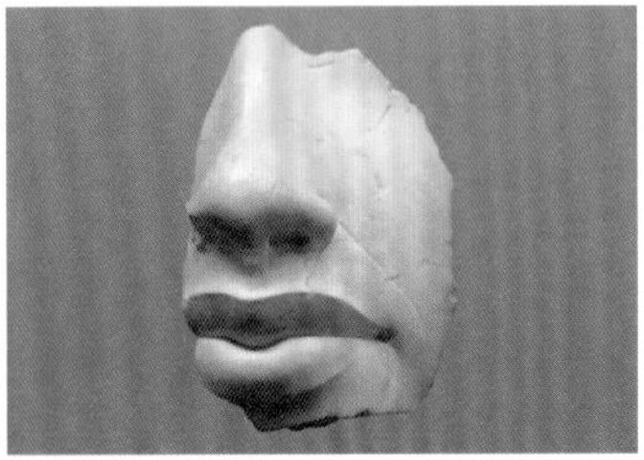

回到縱谷，迫不及待想告訴你這裡的山、這裡的雲、這裡的風聲、水聲。剛結穗的稻田青綠色裡透出金黃的光。也許三、四天後我會安靜下來，像在土地上工作的人，沒有喧譁。

——九月二十六日

清晨六時大波池入秋後荷花疏疏落落，一張荷葉中聚著露水，瑩亮透明，如一輪滿月，想起今天是中秋節，但因颱風，或許看不見明月，這一環清露，聊寄祝福。

——九月二十七日

鄰居賴先生從院中樹上摘一片葉子送我，背面金色，說是佛光樹。我查資料原名金新木薑子，是稀有的樟科植物。我把這片葉子盛在黑釉小碟，供在佛前。

——十月二日

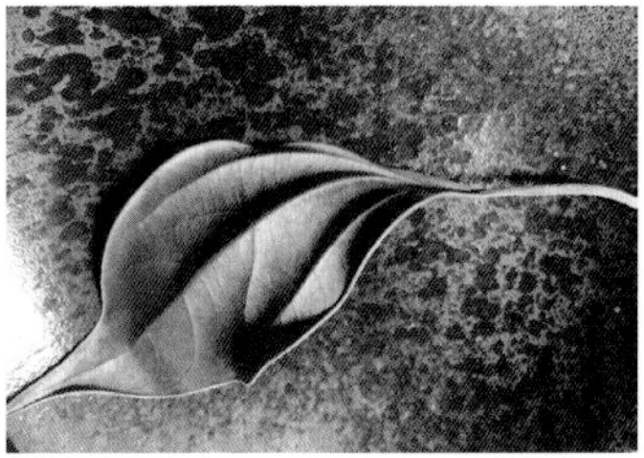

大坡池夏天滿滿都是荷花，繁盛壯觀。入秋以後，荷葉枯黃萎敗，結了許多碩大蓮蓬。池面空淨，只剩疏疏落落幾朵荷花兀自開落，映著水光，彷彿臨水自鑑，不爭春夏，有秋天的淡遠悠長。

——十月四日

秋分、寒露之間，稻穗結實纍纍，清晨六時，太陽從海岸山脈的雲端升起，一線一線陽光長長灑下，像最溫暖無私的照拂，讓每一粒稻穀都充實起來。

——十月七日

節氣寒露，清晨六時，從大坡池望向中央山脈，山靜雲閒，天光水光，煙嵐朝霧，如斯無事。

——十月八日

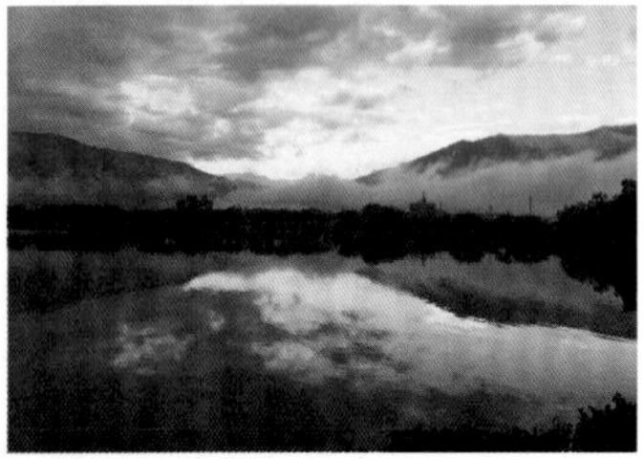

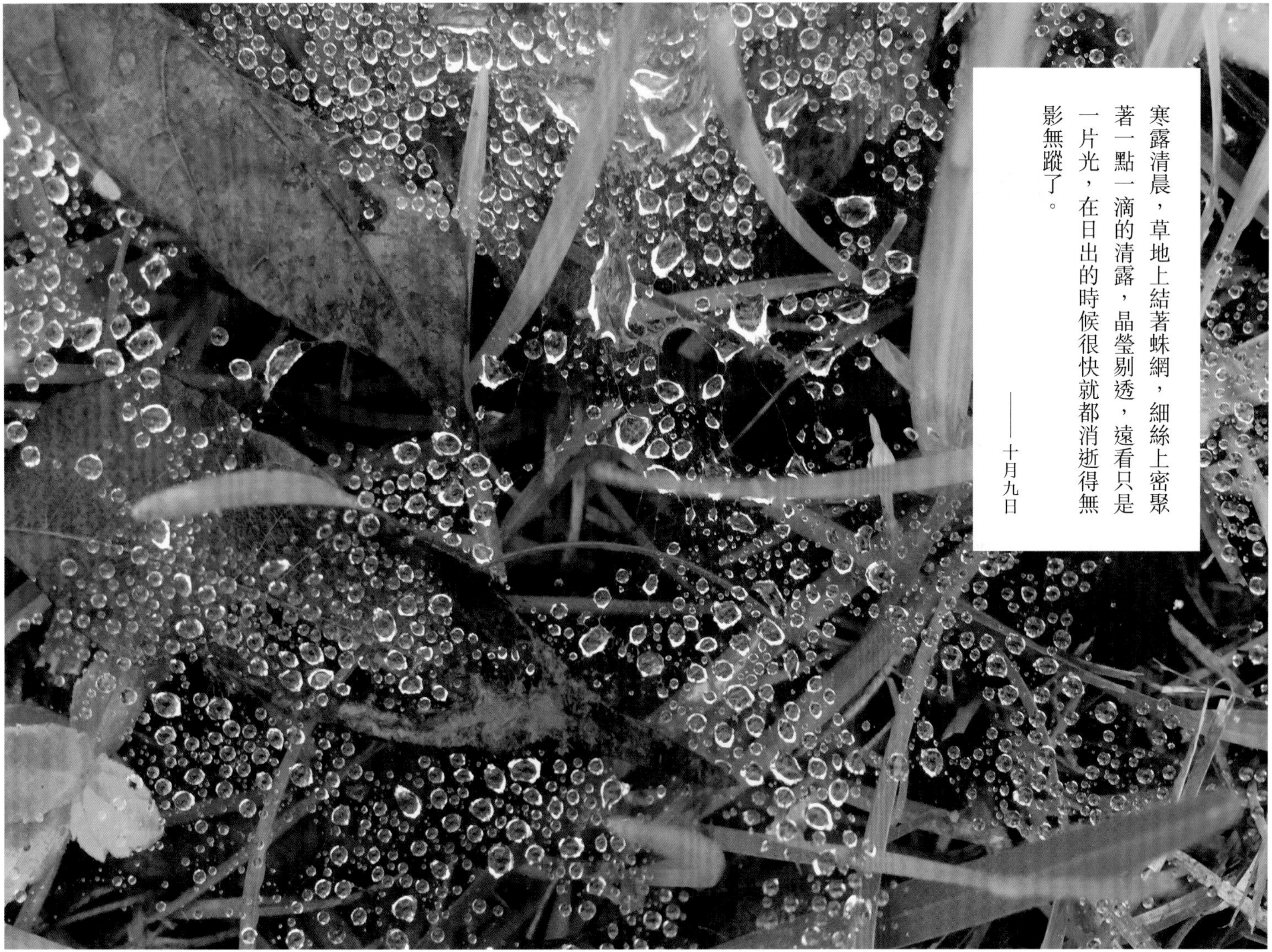

寒露清晨，草地上結著蛛網，細絲上密聚著一點一滴的清露，晶瑩剔透，遠看只是一片光，在日出的時候很快就都消逝得無影無蹤了。

——十月九日

台灣欒樹開花了，嫩黃色的花紛亂密聚開成一片，黃色裡有一點紅，授粉後很快飄零四散，一地都是落花，而樹上開始結了紅赭色的莢果，許多人誤認蒴果為花，因色彩也很豐豔，是島嶼秋天的美麗記憶。

——十月十二日

台灣欒樹黃花陸續退落，樹頂樹梢出現紅赭色的蒴果，有比花還要豐豔的色彩。

——十月十三日

連日豪雨，溪澗水勢湍急，轟轟作響，湍瀨奔騰、激盪、迸跳、迴旋，洶湧澎湃，靜靜看水，也像看人的一生，也可以喧譁過後，平靜無波濤吧！

——十月十四日

即將霜降，山裡猶自開著美麗的野薑花，潔淨無垢，不染塵埃，孤獨而又富裕華美。

——十月十七日

還有兩週就要收成了，稻穗沉重飽滿，農民說：愈飽滿愈謙卑，沉默低頭，愈接近土地，每一粒稻穀都如此完美。

——十月十九日

過了霜降，縱谷河床石灘上開滿了芒花，這是島嶼入秋最美的景觀。新開的芒花閃著銀色潔白的光，有一種金屬的華貴。

——十月二十二日

即將收割了，十月下旬池上稻田的顏色很多層次，稻葉的青綠，稻穗的金黃，最成熟飽滿的穀粒泛出喜悅的赭紅，清晨帶著露水，遠看像一片琥珀的光。

——十月二十四日

一條街的牆頭上都盛開著蒜香藤，紛紅紫豔，奪目亮眼，尤其在秋晴的陽光下，色彩飽和，使人看了心情愉悅。

——十月二十六日

水黃皮也在秋天盛開了，紫色的花蕾一粒一粒，因為樹高，不容易發現，常常是看到地上一片落花，抬頭看才發現水黃皮。大坡池邊有水黃皮，台北徐州路市長官邸也有高大蓊鬱的水黃皮。

——十月二十九日

看到山頭上一抹雲，不知道為什麼就笑了。覺得似曾相識，但又知道只是初見，只是陌生的路上匆匆擦肩而過，而且，以後也不會再見到了。

——十月三十日

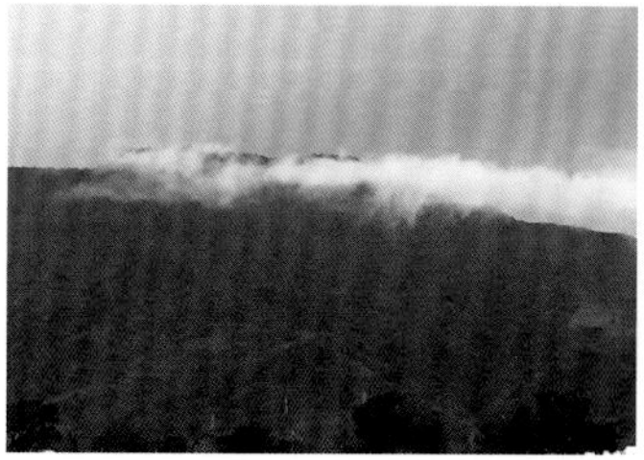

兩隻黑天鵝，不知是不是王羲之想要寫出的書法的自在宛然。

——十一月二日

連日下雨，成熟的稻穗原已飽滿沉重，遭雨劈打，許多仆倒了，田裡出現一塊一塊凹洞。農民說可能要搶收，提前收割，我看到他們擔心憂慮的表情。

——十一月四日

收割後的稻田留著短短硬硬的稻梗，還有一些割稻機駛過的轍痕。大片荒蕪的田地在入冬以後顯得冷清野悍，是土地本身的力量吧，沒有多久，田間燒起野煙，之後就要翻土了。

——十一月五日

從池上坐火車繞過南迴，群山之後突然出現湛藍的海洋，到太麻里一帶，海天重疊，許多藍的層次，波濤盪漾，心曠神怡。

——十一月七日

天光乍亮，縱谷的雲來了，這樣無所事事，慢慢流動，像是漫無目的的流浪，無拘無束，沒有牽掛，沒有執著。

——十一月九日

深秋如金，不只是楓葉紅了，銀杏黃了，北地風中一株平常蘆葦，也散發著金黃色的光。

——十一月十二日

深秋的高野山有許多記憶，清淨心院清晨誦經，奥之細道小徑，高聳的水杉林，空海御影堂彷彿空無一物，一地重重疊疊的落葉，下山那天，天空飄起細雪……

——十一月二十三日

收割後田裡剩下一列一列整齊的稻梗，水光在清晨日出前潔淨明亮，一條長長的雲沉在海岸山脈腳下，不疾不徐……

——十一月二十七日

路過崇德附近海邊，遠眺懸崖峭壁，大山聳峙，太平洋波瀾壯闊，濤聲轟隆，浪花滾滾，極視聽之娛——

——十二月三日

火車窗外的縱谷冬日芒花——愈來愈習慣用手機即時隨興記錄，和朋友分享。這一時代島嶼的圖象歷史或許不再是構圖光影精緻的攝影，而是大眾貼近生活的影像記憶吧。

——十二月五日

東北季風吹起，縱谷的雲在山巒谿谷間舒卷。大山篤定，流雲自來自去，彷彿天長地久，可以這樣兩不相厭，可以這樣兩無干涉。

——十二月十一日

冬日的大坡池很安靜，沒有夏日紛紅駭綠的荷花，許多植物也都落葉，剩下禿枝。然而茄苳樹結滿纍纍的果實，深褐色，像龍眼而略小，感覺到生命結實的豐富圓滿。

——十二月十一日

收割以後翻土的田地，土塊紮紮實實的力量。晨曦初起，遠山慢慢亮起來了，這是冬至前的池上，很安靜，很沉著。

——十二月二十二日

清晨池上的雲，可以跟一年告別，感謝。很多回憶，很多祝福，很多珍惜。新年快樂，莫失莫忘。

——十二月三十一日

二〇一六　一月——四月

在池上玉蟾園看到盛開的煙火花，一叢一叢，紫紅色花蒂，頂端爆放白色五瓣花萼如煙火閃爍，極其華麗。也許因為天暖，應該一、二月開的花都提早開了。

——一月二日

台東都歷一處民宿「六號交響曲」依山傍海，陳冠華設計，用粗樸台灣清水模外牆，有寬闊戶外綠地，隨意躺臥，看一整天的山，看一整天的雲，山靜雲閑，還可以遠眺浮在太平洋碧波中的綠島。

——一月四日

連日豪大雨，池上初晴，清晨中央山脈山頭一綹白雲，像一朵一朵綻放的花。

——一月五日

東部海濱的礁石一長條橫亙在波濤中，大浪洶湧擊來，水花迸濺，真的是亂石崩雲、驚濤裂岸，大浪過後，會有片刻寧靜，水流浮沫，迴旋搖盪，看海，也彷彿是看人生。

——一月九日

在喧鬧、吵嚷、充斥咒罵攻擊的聲音的時候，也許可以靜靜凝視一朵花慢慢綻放的力量。慈悲的力量，溫和的力量，包容的力量，美的力量。

——一月十五日

舊金山亞洲藝術館有一件唐代泥塑，表現胡人舞蹈的動態。創作者聰明地運用流動的線條勾畫出身體婉轉的律動節奏，寫實中又極具抽象活潑的音樂性，令人嘆賞。

——一月十八日

舊金山亞洲藝術館藏的河南修定寺唐塔胡騰舞壁磚不只一件，比對來看，應該是模印製作，刻模工匠掌握舞蹈的節奏律動，利用衣紋及背景線條表現出來。唐塔吸收印度、中亞波斯多元文化，展現出活潑包容的生命力度。

——一月十九日

節氣大寒，柏克萊意外陽光明亮，很多人出外散步，一株茶花盛放，粉色含苞，知道風和日麗，它也一瓣一瓣綻放，迎接美好的生命。

——一月二十一日

再過幾天就是立春了，冬日寒凝，港灣邊少人行。波平浪靜，淡淡一抹餘暉，在大水中滉漾，幾塊礁石兀立水中，若有事，若無事。

——二月一日

港灣裡沉著落日的光，一隻海鷗孤立在巖礁上，偶然走過，想起初唐一位詩人的句子，卻又覺得其實並不相干。

——二月三日

節氣雨水，剛插秧，水天很美，雲很美，水天倒映山巒、天空、雲朵、房舍，鄉村風景相看兩無厭——

——二月十九日

在故宮看董其昌書法，看到這段話：「哪吒拆肉還父，拆骨歸還母。須有父母未生前身，始得楞嚴八還之義。」《楞嚴經》講八種「歸還」如「明歸日輪」。這個肉身也要歸還於父母未生之前吧。

——二月二十二日

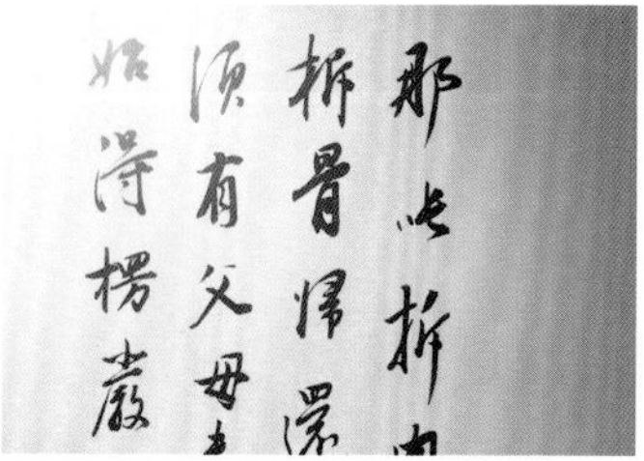

強烈冷氣團南下，縱谷剛插秧的水天看起來有點蕭索，卻依然安靜，行人少，遊客也少，沒有熱鬧喧譁。即將驚蟄，蟄伏一個冬天的生命都等待甦醒。

——三月一日

朋友住在青礐溪畔，溪谷裡巨石岩壑，清流急湍，水聲盈耳，像李唐的萬壑松風，也使人想起這個季節走向山陰蘭亭的南朝的文人，仰觀宇宙之大——

——三月四日

難得春日陽光明亮，新竹舊護城河邊人行道花開爛漫，許多老人家帶孫子來玩耍，上班忙碌的人也趁午休時間來花樹下看花。

——三月六日

縱谷沿路多巨大的苦楝樹，驚蟄過後紛紛開了。淺淺的粉紫，花瓣細密，比白流蘇還小，遠看只是一片淡淡的紫霧，經過的人不容易發現，這是初春的花，香味馥郁，使人喜悅。

——三月十日

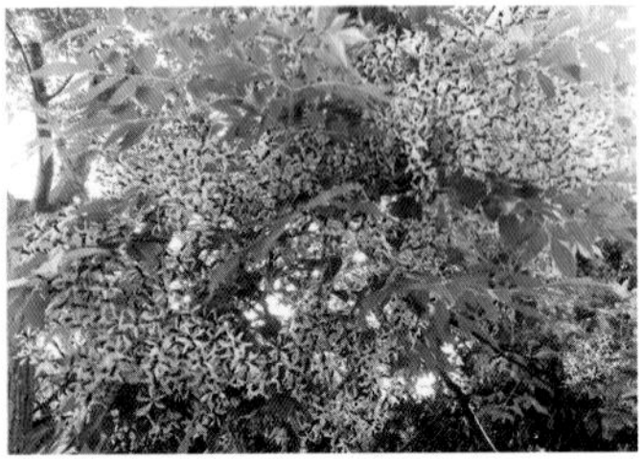

大坡池留著上個冬天荷葉的殘梗，疏疏落落，自由的線條，水面倒映，像最好的書法，一派天真，沒有造作。初春新發的小小荷葉也翠嫩新綠，剛露出水面。

——三月二十二日

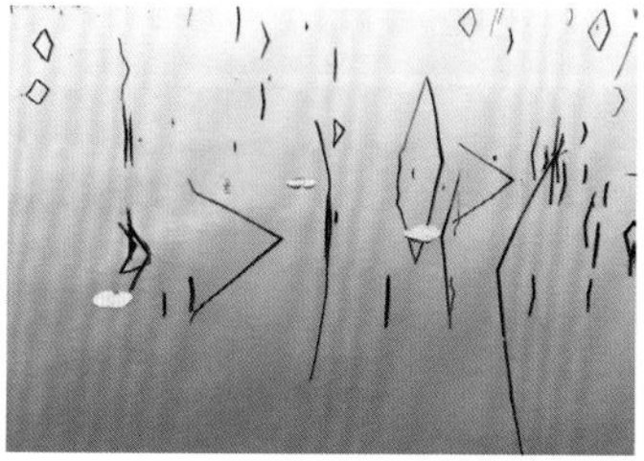

童年住的社區家家戶戶都種絲瓜，四處蔓延，葉片很大，常常遮蔽住絲瓜，等長老了才被發現，主人就只好摘下來做洗澡搓身子用的絲瓜布。這景象都市慢慢看不到了，在縱谷還是常見，黃色的絲瓜花也特別明亮耀眼，讓人喜悅。

——三月二十五日

在一所大飯店大廳看到插滿整株櫻花，花團錦簇，讓許多人停下來讚嘆，春分過了八天，日出的方位明顯向北移動了，大地回暖，沉睡的生命一一甦醒。

——三月二十八日

抬起頭看一看，路旁小葉欖仁都冒出一點一點新綠的芽，你應當感覺得到，真的是春天了，你應當感覺得到，生命甦醒的喜悅。抬起頭看一看，那一點一點新生命的歡笑。

——三月三十一日

清晨到巴黎，明亮的陽光，使人愉悅。迫不急待走到塞納河畔，看堤岸上曬太陽的人，看剛吐出新芽的樹，看河水湯湯，想跟天空說：巴黎，我來了！

——四月二日

四月三日星期日，陽光燦爛，晨曦照亮羅浮宮東廂。Rivoli街有數萬人參加馬拉松路跑。沿途有老人孩子鼓掌加油，也有鼓樂喧闐。度過劫難，有過傷痛恐懼，巴黎人還是選擇用昂揚的生命面對新的春天。

——四月四日

春天都在樹梢上透露了訊息，一點一點青翠的新綠，彷彿佈告生命復活甦醒的訊號，每個走過的行人都抬頭看看，彼此微笑。

——四月六日

Palais Royal 一株辛夷花盛開，使我想起周昉「簪花仕女圖」結尾一段的畫面。簪花仕女雖列名周昉，卻更像南唐的縟麗頹廢，夢裡不知身是客，花開花謝，南朝春天依然如此爛漫。

——四月八日

看世界的方法101

池上日記

文字、攝影　蔣勳
整體美術設計　林秦華
審校　謝恩仁
責任編輯　林煜幃
照片提供　賴永松、簡博襄、李昌隆、羅正傑、董承濂、呂明蓁、林煜幃

董事長　林明燕
副董事長　林良珀
藝術總監　黃寶萍
執行顧問　謝恩仁

總經理兼總編輯　許悔之
副總編輯　林煜幃
經理　李曙辛
執行編輯　施彥如
美術編輯　吳佳璘
行銷企劃　林宜倩

策略顧問　黃惠美・郭旭原・郭思敏・郭孟君
顧問　林子敬・詹德茂・謝恩仁・林志隆
法律顧問　國際通商法律事務所／邵瓊慧律師

出版　有鹿文化事業有限公司
地址　台北市大安區濟南路三段28號7樓
電話　02-2772-7788
傳真　02-2711-2333
網址　http://www.uniqueroute.com
電子信箱　service@uniqueroute.com

製版印刷　鴻霖印刷傳媒股份有限公司

總經銷　紅螞蟻圖書有限公司
地址　台北市內湖區舊宗路二段121巷19號
電話　02-2795-3656
傳真　02-2795-4100
網址　http://www.e-redant.com

ISBN：978-986-92579-7-8
初版一刷：2016年5月
定價：480元

國家圖書館出版品預行編目(CIP)資料

池上日記 / 蔣勳著. -- 初版. -- 臺北市 : 有鹿文化, 2016.05
面； 公分. -- (看世界的方法 ; 101)
ISBN 978-986-92579-7-8(平裝附光碟片)

855　105005372

特別感謝　台灣好基金會 Lovely Taiwan Foundation